AF194816

# Nathalie C. Kutscher

## Oklahoma Hearts
## Next Generation

telegonos-publishing

## Über dieses Buch:

Jenny Porter hat sich auf der Bird Creek Ranch ein neues Leben aufgebaut. Endlich hat sie mit ihrer kriminellen Vergangenheit abgeschlossen, ein Studium absolviert und verfolgt den Traum, auf Bird Creek eine eigene Pferdezucht zu starten. Unterstützung bekommt sie dabei von ihren Chefinnen Eve und Bobby, die sich auch weiterhin um Jugendliche aus schlechten Verhältnissen kümmern. Doch eines Tages verschwindet eines der betreuten Mädchen spurlos.

FBI-Agentin Grace Lewis ermittelt undercover und zieht als neue Lehrerin auf Bird Creek ein. Welten prallen aufeinander. Die taffe Agentin muss lernen, dass im Leben nicht alles nach Regeln läuft und Jenny erkennt, dass es weitaus mehr als ihre Arbeit gibt. Hat ihre Liebe eine Chance?

Copyright © 2021 Nathalie C. Kutscher– publiziert von telegonos-publishing
www.telegonos.de
(Haftungsausschluss und Verlagsadresse auf der website)

Cover: Kutscherdesign

Druck und Verlag: BoD – Books on Demand, Norderstedt

ISBN: 978-3754312346

*Bibliografische Information der Deutschen Nationalbibliothek:*
*Die Deutsche Nationalbibliothek verzeichnet diese Publikation in der Deutschen Nationalbibliografie; detaillierte bibliografische Daten sind über http://dnb.d-nb.de abrufbar.*

**Was bisher geschah**

Bobby und Eve saßen mit einer fröhlich quakenden Amy im Auto vor dem Gefängnis und warteten auf Jenny, die aus der Haft entlassen wurde. Die Adoption war mittlerweile rechtskräftig und Amy entwickelte sich zu einem normalen Baby, ohne irgendwelche Einschränkungen, auch wenn sie weiterhin sehr klein für ihr Alter war.

Eve war im vierten Monat schwanger und erst am Tag zuvor hatten sie erfahren, dass es wieder ein Mädchen werden würde. Auf einen Namen hatten sie sich ganz schnell geeinigt: Edwina, Eddy zu Ehren. Ohne ihn würden sie heute nicht hier sitzen. Letztendlich hatte sich Bobby durchgesetzt und das Schlafzimmer zu einem Kinderzimmer umbauen lassen, in dem beide Kinder Platz hatten. Wenn sie größer wurden, sollten die beiden Zimmer im Untergeschoss zu den Kinderzimmern werden. Bisher gestaltete sich das Leben als Mütter als ungewohnt, aber sie beide genossen jede Minute davon. Bobby war ganz vernarrt in Amy und entpuppte sich als Übermutter. Für Eve stand fest, dass sie es auch mit einer ganzen Armee von Kindern aufnehmen konnten - wenn sie das denn wollten.

Matt und Kerry waren inzwischen glückliche Eltern eines gesunden Jungen namens Sam geworden und auch sie dachten bereits über weitere Kinder nach.

Jenny trat durch das Gefängnistor und hob die Hand zum Gruß. Sie hatte in den vergangenen Monaten damit begonnen, ihren Schulabschluss nachzuholen und mit Eve und Bobby vereinbart, wenn sie den Abschluss in der Tasche hatte, einige Fächer auf dem College zu belegen. Sie würde auf der Ranch hart anpacken und alles lernen, was Bobby und die Arbeiter ihr beibringen konnten. Sie wollte sich ändern und blickte zuversichtlich in die Zukunft.

»Bereit für ein neues Leben?«, fragte Bobby, als Jenny in den Wagen einstieg.

»Bereit!«, antwortete Jenny. »Lasst uns eine Farm führen.«

# Kapitel 1

Die untergehende Sonne am Horizont verwandelte die Weiden in ein brennendes Inferno. Surreal wirkten davor die Umrisse der grasenden Rinder, die langsam von der aufziehenden Dunkelheit verschluckt wurden. Es war Zeit, sich auf den Heimweg zu machen, der lange Arbeitstag saß Jenny in den Knochen. Mit der Zunge schnalzend wendete sie ihre Stute und ritt, den roten Feuerball im Rücken, in Richtung der Wohngebäude, die abseits der Weiden standen.

Auf dem Hof vor dem Hauptgebäude der Bird Creek Ranch traf sie auf einige der Arbeiter, die ihre Pferde und Quads ablieferten und auch möglichst in den Feierabend wollten. Vor zwei Jahren war Jenny zur Vorarbeiterin befördert worden, direkt nach ihrem Abschluss, den sie am Gemeindecollege absolviert hatte. Mittlerweile war sie vierundzwanzig Jahre alt und ein fester Bestandteil von Bird Creek.

»Hey, Dix«, rief sie einem hageren Kerl zu, der mit einem Schlauch die Räder seines Quads abspritzte. »Denkst du morgen an die Wasserpumpen? Ich glaube, auf der hinteren Weide ist der Druck nicht hoch genug.«

»Wird erledigt, Boss. Gute Nacht.« Er tippte sich leicht gegen die Schirmmütze auf seinem Kopf und widmete sich wieder seiner Arbeit.

7

Jenny glitt vom Pferd, streckte ihren schmerzenden Rücken durch und ging in den Stall, um die Stute zu säubern und zu füttern. Als sie all ihre Arbeiten erledigt hatte, lief sie zum Haupthaus, in dem ihre beiden Chefinnen Bobby und Eve mit ihren Kindern lebten. Schon von Weitem hörte sie das glockenhelle Lachen der fünfjährigen Amy, was ihr ein Lächeln auf die Lippen zauberte. Sie liebte das Kind, denn Amy war ihre leibliche Tochter.

Als Jenny vor fast sechs Jahren hier auftauchte, war sie ein völlig anderer Mensch gewesen. Sie hatte Drogen-und Alkoholprobleme, log und hinterging Menschen, die ihr eigentlich helfen wollten und beinahe hätte sie dafür gesorgt, dass Eve und Bobby sich trennten. Doch obwohl sie sich mehr als schäbig verhalten hatte, war Eve für sie da gewesen, als sie ihr beichtete, schwanger zu sein. Tag und Nacht saß Eve im Krankenhaus und kümmerte sich um die viel zu frühgeborene Amy, und auch Bobby wich - als sie erst einmal eingesehen hatte, dass auch sie einiges ändern musste - nicht mehr von der Seite des Frühchens.

Die beste und einzig richtige Entscheidung, die Jenny je getroffen hatte, war die, ihre Tochter zur Adoption freizugeben. Und Eve und Bobby waren diejenigen, die Amy adoptierten, obwohl sie damals nicht wussten, ob das Kind durch den Drogenkonsum der Mutter, bleibende Schäden davontrug. Zum Glück war dem nicht so. Auch wenn Amy einen denkbar schlechten Start ins Leben hatte, war sie mittlerweile bei bester Gesundheit. Nach all dem entschloss sich Jenny, ein neues Leben zu beginnen. Sie saß eine Haftstrafe wegen Diebstahls ab und wieder waren es Eve und Bobby, die für sie da waren und sie auch nachträglich unterstützten. Noch immer schämte sich Jenny für das, was sie damals getan hatte und war, trotz ihres jungen Alters, viel zu streng mit sich selbst. Seit sie auf Bird Creek lebte, war sie weder ausgegangen, trank nur noch selten Alkohol, hatte das Rauchen aufgegeben und keine Beziehung geführt. Sie bestrafte sich für das, was sie damals angerichtet hatte.

»Jenny!« Amy rannte auf ihre leibliche Mutter zu, als diese das Haus betrat und klammerte sich an deren Beinen fest.

»Guten Abend, du kleine Kröte.« Jenny hob das Mädchen lachend hoch und wirbelte sie herum.

Edwina, Eves und Bobbys andere Tochter, folgte ihrer Schwester.

»Ich will auch fliegen, Jenny«, jauchzte sie und streckte ihre Arme in die Luft.

»Hey, ihr beiden. Jenny hat den ganzen Tag geschuftet, also gönnt ihr eine Pause.« Eve trat lächelnd in den Korridor.

»Aber Mom«, quengelte Eddy. »Wenn Amy fliegen darf, will ich auch.«

»Wollen schon mal ganz und gar nicht«, sagte Jenny, hob die Vierjährige aber im selben Moment hoch und drehte sich mit ihr im Kreis.

»Und gleich muss sie kotzen.« Amy kicherte. »'Tschuldigung«, fügte sie hinzu, als sie Eves strafenden Blick sah.

»So, ihr beiden Krabben, ich muss dringend etwas essen, sonst breche ich gleich zusammen.«

Die beiden Mädchen fassten nach Jennys Händen und zogen sie in die Küche.

»Grandma Beth hat Pizza gemacht und Eddy und ich haben sie belegt.« Stolz öffnete Amy den Kühlschrank und deutete auf einen Teller, der abgedeckt im Inneren stand.

»Mit extra Zwiebeln hoffe ich.«

»Ja, aber die sind nur für dich. Ich muss davon immer weinen.« Amy zog die Nase kraus. »Mom, dürfen wir noch ein bisschen Fernsehen, bevor wir ins Bett müssen?«

»Ja, aber nur den Kindersender«, antwortete Eve, doch die beiden Mädchen waren schon grölend und lachend aus der Küche gerannt.

Kopfschüttelnd stellte Jenny den Teller in die Mikrowelle.

»Wenn ich das den ganzen Tag um die Ohren hätte, würde ich wahrscheinlich durchdrehen«, meinte sie amüsiert. »Dann schon lieber eine Herde Rinder.«

»Wenn Bobby nicht da ist, kann das schon

manchmal an den Nerven zerren.« Eve ließ sich auf einen Stuhl nieder und lächelte müde. »Aber ich liebe die beiden, auch wenn sie mit viel zu viel Temperament gesegnet sind.«

»Schuldig.« Jenny grinste. Amy glich ihr sehr, sowohl vom Aussehen, als auch vom Wesen. Sie hatte ebenso leicht gewelltes, brünettes Haar, strahlend blaue Augen und ihre Energie schien grenzenlos zu sein. Die Kleine wusste nicht, dass eigentlich Jenny ihre leibliche Mutter war, aber irgendwann wollten die drei Frauen es ihr gemeinsam sagen. »Wann kommt Bobby denn zurück?«

Die Mikrowelle piepte. Jenny nahm den Teller heraus und stellte ihn auf den Tisch.

»Morgen. Ist auf den Weiden alles in Ordnung?«

Eve erhob sich und schenkte ihnen beiden Kaffee ein.

»Ja, alles bestens. Dix kümmert sich morgen um die Pumpe. Die Rinder für die Auktion habe ich bereits alle markiert und bringe sie morgen in den Stall«, antwortete Jenny, ehe sie von ihrer Pizza abbiss.

»Sehr gut. Danke dir.«

»Hat sich eigentlich schon jemand auf dein Stelleninserat gemeldet?«

»Keine einzige Person bisher.« Eve seufzte. »Es gibt wohl nicht so viele ambitionierte Lehrer, die auf einer Ranch leben und verhaltensauffällige Jugendliche unterrichten wollen. Wenn gar nichts hilft, werde ich die Praxis schließen müssen, um mehr Zeit für die Kids zu haben.«

»Hm, das wäre dann aber auch wieder für Matt ziemlich blöd«, nuschelte Jenny, die einen Bissen Pizza mit Kaffee hinunterspülte.

»Ach Matt ...« Eve winkte lachend ab. »Ist doch seine eigene Schuld, dass er völlig überarbeitet ist. Warum setzt er auch so viele Kinder in die Welt?«

Die beiden Frauen lachten, bis Amy den Kopf zur Türe hineinsteckte.

»Was gibt es hier zu lachen, Weibsvolk?« Sie stemmte die Hände in die Hüften und zog ein grimmiges Gesicht.

»Woher hast du denn so was?« Eve war schockiert, während Jenny versuchte, ernst zu bleiben.

»Das haben die gerade im Fernsehen gesagt«, antwortete Amy. »Da läuft was mit Piraten.«

»Ihr solltet doch den Kindersender einschalten!«, sagte Eve streng.

»Hatten wir doch, aber Eddy wollte dann was anderes gucken.«

»Entschuldigst du mich kurz.« Eve erhob sich und scheuchte Amy aus der Küche. »Los, ihr beiden, ab nach oben. Zähneputzen, Pyjama an und dann ab ins Bett«, hörte Jenny aus der Entfernung und holte sich schmunzelnd einen Nachschlag.

Als sie endlich in ihrem Bett lag, war es fast Mitternacht. Von draußen hörte sie gedämpfte Stimmen und wusste, dass Eve ihren nächtlichen Kontrollrundgang bei den Jugendlichen machte, die in den anderen Hütten wohnten. Manchmal, so wie in diesem Moment, wünschte sich Jenny, auch jemanden zu haben, den sie liebte. Auch wenn sie Teil dieser großen, wunderbaren Familie war, hatte sie das Gefühl, etwas fehle ihr. Es war ewig her, seit sie Sex gehabt hatte, aber es war nicht nur das. Sie hatte ihr Herz für Romantik verschlossen und das spürte sie gerade wieder sehr deutlich. Eve und Bobby waren ein Traumpaar, auch wenn sie sich hin und wieder fetzten wie die Kesselflicker, doch man konnte die tiefe Liebe zwischen den beiden spüren. Ebenso wie bei Matt und Kerry, die mittlerweile vierfache Eltern waren. Jeder hatte sein Gegenstück gefunden, selbst Beth und Archie genossen ihr spätes Glück. Aber wo sollte sie jemanden kennenlernen, wenn sie nie ausging? Bobby hatte ihr schon des Öfteren deswegen in Ohren gelegen und ihr erklärt, dass ein derartiges Verhalten für eine junge Frau gänzlich ungesund sei und sie das Leben einer Nonne führte. Jenny wusste, dass ein Fünckchen Wahrheit in diesen Worten steckte, dennoch ... sie war sich ja nicht mal sicher, welches Geschlecht sie bevorzugte. In ihrer Jugend hatte sie viel herumprobiert und hätte damals alles dafür gegeben, Bobby ins Bett zu bekommen, trotzdem hielten sich ihre Erfahrungen mit Frauen eher in Grenzen. Eigentlich war es auch egal, es war der Mensch, in den man sich verliebte, da sollte das Geschlecht keine Rolle spielen.

Seufzend drehte sie sich auf die Seite und schloss die Augen. Erst als sie hörte, wie Eve sich von den Hütten entfernte, dämmerte sie langsam ein.

Der Hof wurde von einer riesigen Staubwolke eingenebelt, als ein schwarzer Dodge auf das Haus zufuhr.

»Diese Frau ist einfach unmöglich. Sie weiß schon, dass sie zwei Kinder hat, die sich hin und wieder im Freien aufhalten, oder?« Matt Conner, der Tierarzt, verpasste aufgebracht dem Bullen vor sich eine Spritze.

»Hey, lass deinen Frust nicht an den Tieren aus«, schimpfte Jenny. »Du weißt doch, wie Bobby ist.«

»Klar, weiß ich das. Sie eine verantwortungslose Person.«

»Aber im Grunde deines Herzens liebst du sie, gib es zu.« Jenny grinste den Tierarzt an, der ein mürrisches Gesicht zog. »Hey, Bobby«, rief sie über den Hof, bekam aber nur ein halbherziges Winken als Antwort.

»Wie viele noch?«, fragte Matt.

»Drei.« Jenny gab dem Bullen einen Klaps aufs Hinterteil und holte den nächsten.

»Wie gehts Kerry und den Kindern?«

»Gut, soweit. Na ja, so, wie man sich eben mit vier Kindern fühlt. Die Zwillinge schlafen nur bedingt durch, also eigentlich ... fühlen wir uns dauerhaft müde und ausgelaugt.«

»Verstehe.« Jenny lachte erheitert. Ihr war nicht entgangen, dass Matt mittlerweile einen Vollbart trug, weil ihm scheinbar die Lust und Zeit fehlte, sich täglich zu rasieren. »Kommt doch mal wieder mit den Kindern vorbei. Wir könnten ein Barbecue machen«, schlug sie vor.

»Ein Treffen mit Erwachsenen?« Matt wirkte euphorisch. »Du meinst, mit richtigen Gesprächen, Bier und all das, ohne vollgesabbert zu werden?«

»Ja, das schwebt mir vor«, gab Jenny grinsend zurück. »Beth wird sich liebend gerne um das Zwergenkommando kümmern, du weißt doch, wie sie ist.«

»Ich werde das nachher mit Kerry besprechen, sie wird sicherlich ebenso begeistert sein.«

»Na, ihr beiden.« Bobby hatte sich dazu gesellt und grinste breit. »Matt, was ist da in deinem Gesicht los? Ziehst du in Erwägung, in die kanadischen Wälder zu ziehen und Holzfäller zu werden?«

Jenny gluckste.

»Halt bloß die Klappe, Hale«, brummte er.

»Hey, es kann doch niemand was dafür, dass Kerry so fruchtbar ist.« Sie zwinkerte Jenny amüsiert zu.

»Ich habe Matt und Kerry zu einem Barbecue eingeladen. Was hältst du davon?«, fragte Jenny.

»Das halte ich für die beste Idee überhaupt.« Bobby schlug Matt auf den Rücken. »Ich vermisse wirklich die Saufgelage mit meinem besten Freund.«

»Saufgelage«, murmelte Matt. »Du erinnerst dich? Nach unserem letzten Saufgelage sind die Zwillinge entstanden.«

Um Jennys Zurückhaltung war es geschehen. Sie krümmte sich geradezu vor Lachen und auch Bobbys Mundwinkel zuckten verdächtig.

»Wisst ihr was? Früher kam ich wirklich gerne zu euch, aber aus euch ist ein Haufen bösartiger Hexen geworden.« Matt packte seinen Kram zusammen und stapfte zu seinem Wagen.

»Also dann am Wochenende Barbecue?«, rief Bobby ihm nach.

»Ja, ja. Wir werden da sein!«

Nachdem er vom Hof gefahren war, luden Jenny und Bobby die ausgewählten Bullen in einen Transporter. So hatten sie schon früher zusammengearbeitet. Hand in Hand, jede wusste, was sie tun hatte. Bobby hatte ihr verziehen, aber was noch wichtiger war, auch Eve hatte ihr nichts von dem, was sie damals getan hatte, nachgetragen.

## Kapitel 2

Gemächlich schlenderte Jenny durch die Anlage, in der die Viehauktionen stattfanden. Sie liebte dieses Spektakel. Durch die Lautsprecher scholl die Stimme des Auktionators, seine Worte wurden einem wie Gewehrschüsse um die Ohren gepeitscht.

Hier und da sah sie bekannte Gesichter, hielt kurz für einen Small Talk an und schlenderte dann weiter. Sie aß bereits ihren dritten Hot-Dog und freute sich, für zwei Tage ihren üblichen Tätigkeiten auf der Ranch entgehen zu können.

»Na, was macht die Konkurrenz?« Bobby gesellte sich zu ihr, die Hände lässig in den Gesäßtaschen ihrer Jeans vergraben.

»Viele gute Bullen.« Jenny wischte sich die Lippen an einer Serviette ab. »Du solltest bei Thomson einen Blick riskieren, er hat einen Prachtkerl im Angebot. Wenn wir den als Zuchtbullen bekommen könnten, würden unsere Ladys vor Wonne auf der Weide tanzen.«

Bobby lachte und schob ihren Hut weiter in den Nacken.

»Wir sind hier, um zu verkaufen, nicht um zu kaufen, du alte Kupplerin.«

»Schon, aber er hat viel Potenzial. Sieh ihn dir an!«, forderte Jenny.

»Okay, gucken kostet nichts.« Bobby gab sich

geschlagen und folgte Jenny, die sich einen Weg durch das Gedränge bahnte.

»Thomson.« Die beiden Frauen nickten dem alten Farmer zu, der sich zur Begrüßung an den Hut tippte.

Sobald Bobby den Bullen sah, begannen ihre Augen zu leuchten. Jenny grinste in sich hinein. Sie kannte ihre Chefin gut genug, um zu wissen, dass das Tier bereits so gut wie gekauft war.

»Was sagst du?«

»Hm«, machte Bobby scheinbar gelangweilt. »Nicht schlecht.«

»Nicht schlecht?« Thomson ging dazwischen. »Du findest weit und breit keinen Besseren, Hale. Marmeduke hat schon etliche kräftige und gesunde Nachkommen gezeugt.«

»Mag sein«, erwiderte Bobby. »Aber wir haben selbst gute Bullen.« Sie drehte Thomson den Rücken zu.

Jenny verschränkte die Arme und genoss das Schauspiel. Bobby liebte es, Verhandlungen zu führen und ihrem Gegenüber den besten Preis aus der Tasche zu locken. Etwa zehn Minuten führten Bobby und Thomson einen Schlagabtausch, es fielen ein paar Beleidigungen, an deren Ende ein Handschlag folgte. »Ich mache den Vertrag fertig«, sagte Thomson. »Du weißt, wie man einen alten Mann übers Ohr haut, Hale.«

»Alter Mann«, murmelte Bobby. »Du bist ein Halsabschneider, nicht mehr und nicht weniger. Ich habe dir den Preis nur deshalb bezahlt, weil ich dich gut leiden kann. Sieh zu, dass er zu unserem Transporter gebracht wird.«

Lachend folgte Jenny ihrem Boss in die Auktionshalle, wo gerade die Rinder der Bird Creek Ranch vorgestellt wurden.

»Letzendes haben wir doch einen guten Gewinn gemacht.« Jenny hatte die Beine ausgestreckt, ihre Augen geschlossen und genoss den Fahrtwind, der durch das geöffnete Fenster in den Truck wehte.

»Was wir wem zu verdanken haben?«

»Dir natürlich, Boss. Dir und deinem ausgezeichneten Verhandlungsgeschick.«

Zufrieden mit sich selbst drehte Bobby das Radio lauter. Als sie den Truck auf den heimischen Hof lenkte, erwartete die beiden Frauen ein Empfangskomitee, bestehend aus einigen Arbeitern und Eve.

»Du hast ihnen bereits verraten, dass wir Marmeduke gekauft haben, oder?« Bobby warf Jenny einen Seitenblick zu.

»Natürlich. Matt soll ihn sich ansehen, bevor wir ihn zu den anderen auf die Weide lassen. Du kennst doch die Regeln, du hast sie gemacht.«

Bobbys Blick verfinsterte sich. Als sie dann auch

noch Eve sah, die kopfschüttelnd auf den Truck zulief, blieb ihr nur noch, sich eine gute Ausrede einfallen zu lassen.

»Sie hat mich dazu genötigt«, ging sie in die Offensive, als sie die Türe des Trucks geöffnet hatte und zeigte auf Jenny.

»Ach ja? Und du konntest nicht nein sagen, weil ...?« Eve hatte die Hände in die Hüften gestemmt, doch in ihren blauen Augen blitzte es vergnügt.

»Der Bulle ist eine gute Investition und damit basta.« Bobby grinste, nahm Eves Gesicht in ihre Hände und küsste sie. »Komm, ich zeig ihn dir.«

Jenny hatte bereits die Ladefläche geöffnet und die Rampe hinuntergelassen. Marmeduke war friedlich und gutmütig, sodass sie ihn ohne Probleme aus dem Truck führen konnte.

»Wow«, sagte Eve anerkennend. »Wirklich ein Prachtkerl. Das habt ihr gut gemacht.«

Jenny übergab den Bullen einem der Arbeiter und folgte Eve und Bobby ins Haus, wo bereits Beth, die gute Seele der Ranch, mit einem deftigen Mittagessen auf sie wartete.

»Du bist die Beste, Beth.« Jenny drückte die alte Frau an sich. »Ich sterbe vor Hunger.«

»Du hast immer Hunger, Kind. Und trotzdem bist du klapperdürr. Setzt euch.« Beth verfrachtete ihre Mädchen, wie sie die Frauen nannte, an den großen, etwas abgenutzten Holztisch und stellte dampfende

Schüsseln in die Mitte. »Los, erzählt. Was gibt es Neues?« Wie jedes Jahr war sie neugierig auf den Klatsch und Tratsch, den die Frauen aus der Stadt mitbrachten. Früher war sie oft selbst mit zu den Auktionen und anderen Veranstaltungen gefahren, doch mittlerweile war sie weit über sechzig und fühlte sich nicht mehr fit genug.

»Miranda und Dave Hamilton sind getrennt«, begann Jenny, während sie sich ihren Teller mit gebratenem Hähnchen vollpackte. Obwohl sie scheinbar unaufhörlich Nahrung in sich schaufelte, war sie gertenschlank und durchtrainiert. »Dave hat sich wohl eine andere gesucht und Miranda einfach rausgeschmissen.«

»Ach, du liebe Zeit.« Beth schüttelte den Kopf. »Und das nach all den Jahren?«

»Tja, Midlife Crisis nennt man das wohl. Sie ist in die Stadt gezogen und jobbt an der Tankstelle. Ach, und Peter Wilson ist tot.«

»Was? Wie das?«

»Herzinfarkt«, schmatzte Jenny.

»Die arme Christel.« Beth wirkte traurig. »Ich werde die Tage bei ihr vorbeifahren und sehen, wie es ihr geht. Hach, dieses verdammte Alter. Heute trifft es Peter Wilson und morgen mich oder Archie.«

»Nun mach aber mal einen Punkt«, fuhr Bobby dazwischen. »Eure Zeit ist noch lange nicht gekommen, hast du mich verstanden? Du wirst hier noch gebraucht.« Beth lächelte müde und tätschelte mit ihrer faltigen Hand Bobbys Wange.

»Ihr haltet mich jung. Ihr drei und die Kinder.«

»Apropos Kinder.« Jenny biss herzhaft von einem Hähnchenschenkel ab. »Matt und Kerry kommen am Wochenende. Wir wollen ein Barbecue machen. Natürlich würden wir uns freuen, wenn du und Archie dabei seid, aber ...«

»Aber eigentlich möchtest du fragen, ob wir uns um die Kinder kümmern, hm?« Beth warf Eve und Bobby einen amüsierten Blick zu.

»Wenn es dir nichts ausmacht ...«

»Ich denke, der Samstag eignet sich ganz hervorragend für einen Zoobesuch, meint ihr nicht?«

»Danke, Beth. Du bist ein Schatz.« Bobby drückte der Älteren einen Kuss auf den Scheitel.

»Wer geht in den Zoo?« Amy kam aufgeregt mit roten Wangen in die Küche gestiefelt.

»Niemand, wenn du dir nicht vorher die Schuhe ausziehst.« Beth drohte mit dem Zeigefinger. »Sonst darfst du gleich den Wischmob schwingen.«

Amy rannte zurück in den Korridor und kam blitzschnell ohne Schuhe zurück.

»Also«, sagte sie atemlos. »Wann gehen wir in den Zoo?«

Die Bird Creek Ranch bestand aus mehreren Gebäuden. Das Herz bildete das u-förmig gebaute, zweigeschossige Haupthaus, welches Eve in den letzten Jahren nach und nach renovieren und modernisieren ließ. In früheren Zeiten, als ihr Onkel Eddy noch lebte, war es ganz auf einen alleinstehenden Mann ausgerichtet, denn auch Bobby hatte nie den Sinn darin gesehen, etwas zu verändern. Doch jetzt lebte hier eine Familie und Eve war ein Schöngeist. Vorbei waren die Zeiten einer schmuddeligen Fassade und ausgetretenen Verandadielen. Das gesamte Gebäude erstrahlte nun in einem freundlichen Vanillegelb, mit weißen Fensterläden, einer überdachten Veranda und im hinteren Teil befand sich ein Wintergarten. Neben dem Haupthaus lag die Garage, über der all die Jahre Beth gewohnt hatte. Doch mit zunehmendem Alter fiel ihr das Treppensteigen schwer, daher war sie zu Archie in dessen Blockhütte gezogen. Auch dort merkte man den Einfluss einer weiblichen Hand, doch der grummelige Archie schien sich damit arrangiert zu haben. In Sichtweite lagen die Ställe der Pferde, daran angrenzend gab es den Hundezwinger, in dem aber mittlerweile kein Hund mehr lebte. Eve hatte darauf bestanden, den Hunden einen würdigen Lebensabend zu bescheren und hatte sie kurzerhand in liebevolle Familien vermittelt. Nur ihre Lieblingshündin Asha hatte sie selbst behalten. Bobby hatte darauf zunächst mit Unverständnis reagiert, denn für sie waren Arbeitshunde keine Kuscheltiere. Doch Eve hatte sich - wie so oft - durchgesetzt.

Der Hof vor dem Haus war recht weitläufig und stand eigentlich permanent voll mit irgendwelchen Fahrzeugen. Überquerte man ihn, kam man zu den Hütten, in dem einige der Arbeiter - Jenny eingeschlossen - und die Jugendlichen lebten, die von Eve betreut wurden. Dieses Projekt war ihr nach wie vor eine Herzensangelegenheit und ihre Erfolge sprachen für sich. Mit vielen der jungen Leute pflegten sie nach wie vor Kontakt, denn wenn sie nicht an diesem Programm teilgenommen hätten, wäre ihr Leben sicherlich ganz anders verlaufen. Eve war wie eine Übermutter für alle. Auch für Jenny. Als sie damals nach Bird Creek gekommen war, war es letztendlich Eve gewesen, die ihr eine zweite Chance gegeben hatte.

Doch mittlerweile kam auch Eve an ihre Grenzen. Die beiden eigenen Kinder, die Jugendlichen, die Tierarztpraxis und die Haushaltsführung - das alles lag auf ihren Schultern und auch wenn sie es niemals zugegeben hätte, wurde es einfach zu viel. Beth tat immer noch ihr Möglichstes, doch das Alter machte ihr mehr und mehr zu schaffen. Außer Eve gab es noch einen Lehrer, der die Kids unterrichtete, doch auch das war zu wenig. Jenny hätte gerne mehr geholfen, aber sie war mit ihrem Job als Vorarbeiterin ausgelastet, auch wenn sie für ihre Zukunft einen gänzlich anderen Traum verfolgte.

Es war erst fünf Uhr in der Früh, dennoch ging es auf der Ranch schon wie in einem Bienenstock zu. Beim Verlassen ihrer Hütte, flocht Jenny ihre Haare zu einem Zopf. Manchmal war sie über sich selbst erstaunt, wie wenig Aufmerksamkeit sie mittlerweile ihrem Äußeren schenkte. Ein T-Shirt mit irgendeinem Bandaufdruck, eine Jeans und grobe Arbeitsstiefel - ihr Outfit sieben Tage die Woche.

»Guten Morgen, Archie«, rief sie dem Mechaniker zu, der ihr nur einen kurzen Blick zuwarf, sich das abgenutzte Basecap zurechtrückte und vor sich hingrummelte.

Mit langen Schritten stapfte sie zum Haupthaus, hinter dem gerade die Sonne aufging. Sie liebte es, früh aufzustehen, im Gegensatz zu manch anderen hier. Schon von weitem hörte sie eines der Mädchen weinen und wusste, dass es Edwina war. Die Kleine war ein schrecklicher Morgenmuffel und es gab fast jeden Morgen Geschrei und Gezeter, wenn Eve die Kinder weckte. Als sie die Küche betrat, in der sich Bobby, Eve, Beth und die Kinder befanden, schaute Eddy sie mit rotgeweinten Augen und einer beleidigten Schnute an.

»Guten Morgen.« Jenny grinste in die Runde und drückte den beiden Mädchen einen dicken Schmatzer auf die Wangen. »Was ist denn hier schon wieder los?

Ihr sollt eure Mamas doch nicht so früh am Morgen ärgern.«

»Hab ich nicht«, schniefte Eddy bockig. »Amy hat angefangen.«

»Gar nicht«, brüllte Amy ihre Schwester an, bis Eve dazwischen ging.

»Ich werde euch jetzt sagen, wie das hier läuft«, meinte sie. »Solltet ihr heute so weitermachen, könnt ihr den Zoobesuch am Samstag vergessen, verstanden? Dann fährt Grandma Beth mit Sam und Zoe alleine und ihr dürft uns Erwachsenen Gesellschaft leisten. Wie klingt das?«

»Aber Mommy ...«

»Kein aber, Amy. Überlegt es euch. Mir ist das egal, ich finde bestimmt ein paar nette Aufgaben für euch, die ihr am Samstag erledigen könnt.«

»Müssten die Kinderzimmer nicht mal wieder aufgeräumt werden?«, warf Bobby ein.

»Allerdings.« Eve schaute die beiden Mädchen an, die sich wortlos die Hände reichten und still ihr Frühstück aßen.

Jenny bemerkte, wie Eddy ihrer Schwester unter dem Tisch noch gegen das Bein trat, sagte aber nichts dazu. Nachdem endlich Frieden eingekehrt war, konnten sich die Frauen ihrem Kaffee widmen. Um sechs Uhr traf der Schulbus, der die Kinder in die Vorschule brachte ein, erst dann kamen die anderen Arbeiter in die Küche, um den Tag zu besprechen.

Heute wollte Jenny zwei der Jugendlichen auf die Weiden mitnehmen, damit sie ihr halfen. Insgesamt war es diesmal eine Gruppe von fünf, drei Jungs und zwei Mädchen, im Alter von fünfzehn bis siebzehn Jahren. Jack, der Älteste von ihnen, hatte trotz seines jungen Alters schon so einiges auf dem Kerbholz. Drei Ladendiebstähle, Prügeleien und einmal war er mit Hasch erwischt worden. Seine Optionen: Jugendknast oder Bird Creek. Er war nicht mehr schulpflichtig und hatte so oft die Schule geschwänzt, dass er keinen Abschluss hatte. Auf eine seltsame Art fühlte sich Jenny mit ihm verbunden, denn so ähnlich hatte ihre Jugend auch ausgesehen. Sie wollte dem Jungen zeigen, dass er trotz seiner Vorgeschichte eine Perspektive besaß.

»Die sechs wichtigsten chemischen Elemente sind?«

»Sauerstoff, Kohlenstoff, Wasserstoff, Stickstoff, Calcium und Phosphor«, antwortete Melanie, die fünfzehnjährige Schülerin, die für die nächsten drei Monate auf Bird Creek eingezogen war.

»Richtig.« Eve lächelte zufrieden. »Sehr gut, Melanie.«

Melanie streckte sich stolz und setzte ein zuckersüßes Lächeln auf, als sie Jack sah, der mit Jenny an den Pferdeställen vorbeilief. Jenny schüttelte den Kopf. Schon öfter hatte sie bemerkt, wie die Halbwüchsige ungeniert mit den Jungs und auch den

Arbeitern flirtete. Selbst ihrem Lehrer, Mister Carter, hatte sie schöne Augen gemacht.

»Hi, Jack«, flötete Melanie, woraufhin der Junge ein unwilliges Brummen von sich gab.

»Sie steht wohl auf dich.« Jenny grinste.

»Ihr Problem«, gab Jack bockig zurück. »Ich steh nicht auf Weiber, die für jeden die Beine breitmachen.«

»Wie bitte?« Jenny blinzelte irritiert. »Hat Mel ... Ich meine ... mit wem?«

»Weiß doch jeder hier.« Jack schnappte sich eine Mistgabel.

»Also ich wusste es nicht«, antwortete Jenny. »Und Eve weiß es mit Sicherheit auch nicht.«

»Ist das mein Problem?«

»Na, du scheinst ja im Allgemeinen nicht viele Probleme zu haben, oder?«, gab Jenny sarkastisch zurück. Sie würde mit Eve darüber reden müssen, denn das Letzte, was brauchen konnten, war eine Minderjährige, die sich wie Lolita aufführte. Hoffentlich meldete sich bald eine neue Lehrkraft, denn so langsam wuchs die Arbeit alle über den Kopf.

Am Nachmittag, als Eve für eine Stunde die Gelegenheit bekam, in Ruhe einen Kaffee zu trinken, sprach Jenny das heikle Thema an.

»Ich werde noch mehr meine Augen und Ohren überall haben müssen.« Eve seufzte. »Allerdings beschuldige ich Melanie nicht aufgrund der Aussage eines mürrischen und offenbar ständig schlechtgelaunten Teenagers.«

»Ich wollte es nur erwähnt haben«, sagte Jenny.

»Gut, dann werde ich mal wieder zu meinem mürrischen Teenie gehen. Der Junge kann einem wirklich den letzten Nerv rauben.«

»Sollte noch irgendwas sein, kannst du mich auf dem Handy erreichen. Ich fahre jetzt gleich in die Praxis. Aber Bobby müsste auch bald zurück sein. Diese Behördengänge dauern immer ewig.« Eve reckte sich und gähnte hinter vorgehaltener Hand. »Ich könnte wirklich Urlaub gebrauchen.«

»Wir alle.« Jenny schmunzelte und ging wieder an ihre Arbeit.

So war es Tag ein, Tag aus. In aller Herrgottsfrüh begann die Arbeit, die Teenager wurden versorgt, eingeteilt und die Schulpflichtigen unterrichtet. Der gesamte Tagesablauf drehte sich um Rinder, Futter, kaputte Weidezäune oder Wasserpumpen. Bobby kümmerte sich mittlerweile fast ausschließlich um den administrativen Kram, auch wenn ihr das gehörig gegen den Strich ging. Eve übernahm ein paar Unterrichtsstunden, arbeitete nachmittags in ihrer Tierarztpraxis und versuchte ganz nebenbei, die beiden eigenen Kinder zu erziehen. Da Jenny Vorarbeiterin war, blieb alles, was mit der Farmarbeit zu tun hatte, an ihr hängen. Sie teilte die Arbeiter ein, trug die Verantwortung für die Tiere und hatte mittlerweile einen Blick für jedes noch so kleine Detail. Sie liebte ihre Arbeit, sie liebte dieses Leben, sodass sie manchmal vergaß, dass sie *nur* eine Angestellte war, auch wenn man das hier nicht so sah. Durch die Verbindung zu Amy war sie ein Teil der Familie, dennoch war sich Jenny durchaus bewusst, dass sie keinerlei Mitspracherecht hatte, was Amys Erziehung, Ausbildung oder Zukunft anging. Was würde sein, wenn sie alle alt waren? Lebten sie dann immer noch hier zusammen? Drei Frauen, die ihre besten Jahre hinter sich hatten, Teeschlürfend auf der Veranda sitzend? Sie wollte sich gar nicht ausmalen, dass die Tage von Beth bereits gezählt waren. Sie alle würden gehen. Beth und Archie, die beiden Mädchen, Bobby und Eve. Und dann? Sie hatte niemanden, dem sich verbunden fühlte, den sie so liebte, wie Eve und Bobby sich liebten. Sie würde auch dann noch nur die Vorarbeiterin sein, bis auch sie irgendwann den Hintern zusammenkniff.

Jenny lehnte sich vor ihrer Hütte auf einem Stuhl zurück und legte die langen Beine auf einen weiteren, den sie sich herangezogen hatte. Einen Arm hatte sie vor der Brust angewinkelt, in der anderen Hand hielt sie eine Flasche Lightbier und hing für sie ungewöhnlich, düsteren Gedanken nach. Ihr Blick schweifte über das Grundstück, bis er am Haupthaus hängen blieb. Nicht mal das hatte sie ... ein eigenes

Heim. Seit sechs Jahren bewohnte sie diese Hütte, die zwar komplett renoviert wurde, aber eben doch nur ein Ein-Zimmer-Häuschen war. Jenny besaß nicht viel Kram, kaum Erinnerungsstücke und auch keine unnötigen Staubfänger. Wozu sollte das gut sein? Dafür, dass ein Haus eben nicht nur ein Haus blieb, sondern ein Heim, in dem man sich wohlfühlte. Ja, aber nichts davon hatte sie. Auf ihrem Bankkonto hatte sich im Laufe der Jahre eine ansehnliche Summe Geld angesammelt, denn sie sparte fast ihren gesamten Lohn. Wofür hätte sie auch Geld ausgeben wollen? Zweimal im Jahr gönnte sie sich neue Arbeitsstiefel und neue Jeans, aber für alles andere war gesorgt. Hinzu kam eine kleine Erbschaft, die sie erhalten hatte, als ihr Vater im letzten Jahr verstarb. Der Kontakt zu ihren Eltern hatte sich auf ein Minimum beschränkt, da sie ihr nie verziehen hatten, dass Eve und Bobby das Sorgerecht für Amy bekommen hatten.

Tja, das war ihr Leben. Es war ein gutes Leben, trotzdem ... Jenny träumte davon, sich eines Tages etwas eigenes aufzubauen. Eine Pferdezucht zum Beispiel. Aber das würde noch warten müssen, denn dafür reichten ihre Ersparnisse noch lange nicht. Sie konnte sich selbst nicht erklären, warum sie plötzlich darüber nachdachte. Womöglich lag es daran, dass Amy ihr immer ähnlicher wurde und sie plötzlich so etwas wie Muttergefühle für das Mädchen entwickelte. Und auch daran, dass der Altersunterschied zwischen ihr und den anderen Frauen, sowie Matt und Kerry, nicht zu unterschätzen war. Jenny war zwar Teil von allem, aber die anderen hatten etwas, was sie nicht hatte: Partner, mit denen sie durch dick und dünn gingen. Einen Grund, für den es sich zu kämpfen lohnte. Aus der Nachbarhütte hörte sie gedämpftes Kichern. Selbst die Teenies hatten mehr Spaß im Leben als sie. Auf der anderen Seite stand Beth vor dem gemeinsamen Haus, das sie mit Archie bewohnte und goss Blumen. Sie winkte Jenny zu, bevor sie sich ins Innere zurückzog.

»Ein Königreich für Privatsphäre«, seufzte Jenny, stand auf und verzog sich ebenfalls in ihr kleines Refugium.

Während Eve die Mädchen für ihren Zoobesuch instruierte und ihnen kleine Lunchpakete schnürte, erledigten Jenny, Bobby und zwei der Jungs die tägliche Arbeit. Die Tiere mussten auch am Wochenende versorgt werden, allerdings blieben die anderen Arbeiten bis Montag liegen, denn das Wochenende war heilig. Die Kids durften ihre Eltern besuchen, wenn sie das wollten, die Arbeiter waren froh, endlich Zeit mit ihren Familien zu verbringen und Jenny und Bobby freuten sich auf das anstehende Barbecue, für das Eve und Beth am Vortag alles hergerichtet hatten.

»Das war die Letzte«, sagte Jenny, gab einer Kuh

einen Klaps auf das massive Hinterteil und wischte sich den Schweiß von der Stirn. »Lasst alles fallen, Jungs und genießt eure freien Tage. Wir sehen uns morgen Abend wieder.« Sie nickte Bobby kurz zu und lief zu ihrer Hütte, um zu duschen und sich herzurichten. Auf dem Weg dorthin rannte Ashley, der andere weibliche Teenager, an ihr vorbei.

»Hey, was ist los?«, hielt Jenny sie zurück und bemerkte erst jetzt, wie aufgelöst das Mädchen wirkte. »Melanie ...«, keuchte Ashley außer Atem. »Sie ist weg.«

»Na, sie wird schon auf dem Weg zu ihren Eltern sein.«

»Nein.« Ashley schüttelte heftig den Kopf. »Das ist es ja gerade. Wir wollten zusammen fahren, aber als ich heute Morgen aufgewacht bin, war sie nicht da. Ihr Bett sieht aus, als hätte sie gar nicht dringelegen.«

»Hm, ich habe euch doch gestern Abend noch gehört«, meinte Jenny.

»Ja, wir haben Karten gespielt, bis Eve um zehn Uhr kam. Dann haben wir uns hingelegt. Ich habe sie schon überall gesucht, aber niemand hat sie gesehen.« Jenny sah ihr entspanntes Wochenende den Bach runtergehen und verabschiedete sich innerlich von ein paar schönen Stunden mit ihren Freunden. »Wir sollten Eve und Bobby Bescheid geben«, sagte sie. »Melanie wird schon wieder auftauchen.«

Kapitel 3

»Das ist ja wunderbar gelaufen, Grace. Ganz und gar wunderbar!«

Wütend über sich selber, riss Special Agent Grace Lewis die Fahndungsbilder eines Verdächtigen vom Whiteboard und warf sie achtlos in einen Karton. Der Fall war eigentlich klar gewesen, keine große Sache. Seit Wochen war das FBI einem Mädchenhändlerring auf der Spur und hatten es endlich geschafft, jemanden festzusetzen, der als Kronzeuge aussagen wollte. Sie hatte Eric Mayer heute nach Houston bringen sollen, doch der Mistkerl hatte es vorgezogen, sich umzubringen. Jedenfalls sah er derzeit so aus, als hätte er Selbstmord begangen. Jetzt stand sie wieder am Anfang und sie hätte sich ohrfeigen können. Es war der erste große Fall, den man ihr anvertraut hatte und den sie leiten sollte. Grace fühlte sich auf ganzer Linie als Versagerin. Doch woher sollte sie ahnen, dass Eric den Schwanz einzog und er, trotz eines Deals, der ihm mehr als gelegen hätte kommen müssen, den Weg in den Freitod wählte? Das passte so gar nicht in sein Profil. Vielleicht hatte Letztenendes die Scham über sein Wirken gesiegt und er hatte sein Gewissen wiedergefunden. Sie würde es nicht mehr erfahren.

Grace war seit zwei Jahren beim FBI. Diese Laufbahn hatte sie nach ihrer Zeit bei der Army eingeschlagen, obwohl ihr eine glänzende, militärische Zukunft in Aussicht gestanden hatte. Aber nachdem sie fast drei Jahre im Irak stationiert gewesen und die Hälfte ihrer Truppe bei einem Bombenanschlag ums Leben gekommen war, verließ sie die Army und ging nach Quantico. Grace galt als zielstrebig, ehrgeizig und unnahbar. In ihrem Job kam ihr das zwar zugute, in ihrem Privatleben allerdings weniger. Privatleben! Eigentlich gab es diesen Begriff in ihrem Wortschatz gar nicht. Sie war mit ihrem Beruf verheiratet und das machte ihr nichts aus.

Gerade hatte sie den Karton verschlossen, als Hank Ribera, ihr Vorgesetzter, den Kopf zur Türe hineinsteckte.

»Na, kommst du klar?«

»Da gibt es nicht viel klarzukommen. Wir werden ganz von vorne beginnen müssen«, gab Grace zurück und strich sich durch das kurze, seidigglänzende schwarze Haar. Die Dreiunddreißigjährige hasste sich für ihren Fehler.

»Hör zu, du bist nicht die Erste, der es etwas passiert und du wirst auch nicht die Letzte sein. Mach dich deswegen nicht fertig.«

Hanks Aufmunterungsversuche, so gut sie gemeint waren, scheiterten kläglich. Grace war es nicht gewöhnt, zu verlieren. Ehrgeiz, Vorankommen und

Präzision waren ihre ständigen Begleiter. Klare Strukturen und Disziplin bestimmten ihren Alltag und alles, was schief ging, nahm sie verdammt persönlich.

»Hey Leute, wir haben etwas Neues.« Agent Tracy Middleton stürmte in Graces Büro und wedelte mit einem Fax herum. »Aus Oklahoma City.«

»Was haben wir mit Oklahoma zu schaffen?« Grace ließ sich auf ihren Drehstuhl fallen.

»Irgendwo in der Pampa ist ein Mädchen verschwunden. Warte ...« Tracy fuhr mit dem Finger über das Papier. »Ah, hier. Bei Owasso gibt es eine Ranch, die ein resozialisierendes Projekt für Jugendliche leitet und dort ist vor etwa vierzehn Tagen eines der Mädchen verschwunden. Es ist wohl nicht das erste Mal, dass das passiert ist und unsere Kollegen dort bitten uns um Mithilfe, da sie denken, die Fälle könnten zusammenhängen.«

»Du meinst, »unsere« Täter sind nach Oklahoma übergesiedelt?« Grace rieb sich die Nase. »Das heißt also, es wird ein Fall, der sich auf mehrere Bundesstaaten ausweitet. Na super.« Sie betrachtete den Karton, in dem sich ihre Notizen zu dem Fall befanden. »Davon hat Meyer nie etwas erwähnt. Entweder wusste er es nicht oder genau das war der Grund, warum er sich umgebracht hat. Sofern es überhaupt Selbstmord war.«

»Er war in Einzelhaft, Gracie«, warf Ribera ein. Nur

er durfte Grace bei ihrem Kosenamen nennen, denn er kannte sie bereits als kleines Mädchen.

Graces Vater war ebenfalls beim FBI und Hanks Partner gewesen, bis er im Alter von nur vierzig Jahren an Bauchspeicheldrüsenkrebs starb. Danach hatte Hank irgendwie die Vaterrolle für Grace übernommen und sie gefördert, als sie sich entschied, von der Army zum FBI zu wechseln.

Grace schaute zu ihm auf. Irgendwas gefiel ihr an der ganzen Sache nicht. Eigentlich verließ sie sich auf ihre Menschenkenntnis und sie hatte Eric Meyer nicht so eingeschätzt, als wäre er suizidgefährdet gewesen. Ja, er war in Einzelhaft und hatte nur Hofgang, wenn die anderen Insassen in ihren Zellen saßen, aber irgendwie wurde sie das Gefühl nicht los, dass mehr dahintersteckte.

»Tja, dann sollte sich wohl mal jemand mit Oklahoma unterhalten und hören, was sie zu berichten haben«, sagte sie jetzt.

Tracy und Hank wechselten einen Blick.

»Es ist dein Fall, Gracie, also mach dich auf die Socken.«

»Was?« Grace machte große Augen. »Nein, Hank, ich fahre mit Sicherheit nicht, mein Schreibtisch ist voll, ich habe ...«

»Gar nichts«, beendete Hank ihren Satz. »Du hast zu viel Zeit in den Fall investiert, als dass du jetzt jemanden anderen daran lässt.«

Grace seufzte und presste die Lippen aufeinander.

»Ist das ein Befehl, Agent Ribera?«

»Worauf du deinen süßen Hintern verwetten kannst.« Hank grinste. »Na komm, Kleines.« Bei der Anrede kicherte Tracy, was Graces Blick nur noch finsterer werden ließ. »Du kannst das Nützliche mit dem Vergnüglichen verbinden.«

»Vergnüglich?« Grace grinste schief. »Wir reden über Oklahoma, Hank. Ich kann mir weitaus Vergnüglicheres vorstellen, als ein paar Hinterwäldlern beim Kuhtreiben zuzusehen. Ich werde mich erst einmal ans Telefon hängen, vielleicht bekomme ich so die Infos, die ich brauche. Wenn ihr mich dann bitte entschuldigt.« Sie bedeutete Tracy herrisch mit der Hand, ihr die Unterlagen auszuhändigen.

Als ihr Vorgesetzter und die Kollegin den Raum verlassen hatten, sah sie die Dokumente durch und wählte die Nummer des Büros in Oklahoma City.

»Also, was hast du?«

Grace hatte sich Hank gegenüber in dessen Büro gesetzt, um ihm von dem Telefonat zu berichten.

»Wie Tracy schon sagte, gibt es irgendwo in Hinterland von Owasso eine Ranch ... warte.« Sie blickte auf ihre Notizen. »Bird Creek. Eine Rinderfarm, was auch sonst. Na ja, jedenfalls hat eine Doktor Eve Dearing dort vor Jahren ein Projekt ins

Leben gerufen, um Jugendlichen mit straffälliger Vergangenheit oder auch »schwer Erziehbaren« eine zweite Chance zu geben. Alternativ zum Jugendknast sozusagen.«

»Wie nobel«, spottete Hank. »Eine Art Bootcamp?«

»Wohl eher nicht. Scheinbar ist der Dame langweilig oder sie haben mit ihren Kühen dort noch nicht genug zu tun. Jedenfalls hat Doktor Dearing ausgesagt, dass eins der Mädchen, Melanie Garcia, am Abend des sechzehnten Juni verschwand und seitdem nicht mehr aufgetaucht ist. Ihre Eltern haben natürlich Strafanzeige gestellt und seither ist das Projekt unter ständiger Beobachtung der Behörden. Die Polizei ist bisher keinen Schritt weitergekommen, daher haben unsere Kollegen den Fall übernommen, weil es drei Monate zuvor einen ähnlichen Fall gab. Da verschwand eine Vierzehnjährige auf dem Schulweg.«

»Und wer sagt, dass die beiden Fälle im Zusammenhang stehen? Vielleicht sind es Ausreißerinnen oder es ist Zufall, dass zwei Entführungen stattfanden. Der Zeitraum zwischen dem Verschwinden der Mädchen ist schon ziemlich groß«, gab Hank zu bedenken.

»Absolut, das war auch mein Einwand.« Grace schlug die schlanken Beine, die in einer dunkelblauen Hose steckten, übereinander. »Aber seit dem Ver-schwinden von Melanie sind zwei weitere Mädchen in ungefähr demselben Alter spurlos verschwunden. Eins davon war eine Klassenkameradin des ersten Opfers, die damals aussagte, gesehen haben zu wollen, wie man ... verdammt, wie hieß sie noch mal?« Graces Namensgedächtnis hatte schon immer zu wünschen übrig gelassen. Hektisch durchforstete sie wieder ihre Notizen. »Ach ja, das erste Opfer hieß Kathy. Kathy Weinman. Also, die Klassenkameradin hatte gesehen, wie Kathy von einem Mann in dunkler Kleidung angesprochen wurde und zu ihm in den Wagen stieg.«

»Aha«, machte Hank. »Haben wir das Fabrikat des Fahrzeuges? Eine Personenbeschreibung? Etwas mehr als die Aussage eines überspannten Teenies?«

»Laut Aussage war es ein großer Mann in dunkler Kleidung, der in einem großen ebenso dunklen Auto fuhr.«

»Oh, na ja, das ist doch schon mal was«, sagte Hank sarkastisch und fuhr sich mit der Hand durchs Gesicht. »Also haben wir gar nichts? Groß und dunkel!« Er lachte auf.

»Es ist dennoch verwunderlich, dass genau diese Zeugin auch verschwindet, oder nicht? Und das zum fast selben Zeitpunkt, als Eric Meyer sich das Leben nimmt. Wobei ich ja immer noch glaube, dass ...«

»Komm mir jetzt nicht schon wieder mit deiner Theorie, Eric habe sich nicht umgebracht, sondern wurde ermordet.« Hank beugte sich vor und verengte die Augen. »Grace, ich brauche ein bisschen mehr, als verschwundene Teeanger, die nichts gemeinsam haben, außer ihres Alters.«

»Um ehrlich zu sein, haben sie Gemeinsamkeiten«, gab Grace zurück. »Ihr Aussehen. Alle Mädchen waren, etwa dreizehn bis fünfzehn Jahre alt und alle, auch die Mädchen, die hier verschwanden, kamen aus mehr oder weniger desolaten familiären Verhältnissen oder waren dafür bekannt, recht frühreif zu sein.«

»Frühreife Teenager? Na, das ist mal was Neues.« Ribera lachte, doch Grace konnte daran so gar nichts Witziges finden.

»Ich nehme die Hinweise sehr ernst, Hank. Ich weiß, dass die Fälle zusammenhängen.«

»Gracie, mir ist bewusst, dass du dich schlecht fühlst, den einzigen Zeugen verloren zu haben, aber denkst du nicht, du steigerst dich in etwas rein? Schick deine Unterlagen nach Oklahoma und lass die den Fall lösen.«

»Nein, Hank!«, antwortete Grace mit fester Stimme. »Ich werde das selbst in die Hand nehmen. Ruf in Oklahoma an und sag denen, ich komme zur Unterstützung.«

»Das werde ich nicht tun. Wieso bist du plötzlich so scharf darauf, in die Pampa zu gehen? Vor zwei Stunden klang das noch ganz anders.«

»Da hatte ich ja auch noch nicht alle Informationen.

Ich werde gehen, mit oder ohne deine Zustimmung. Ich habe noch Urlaub und wenn es sein muss, verbringe ich den in Oklahoma.« Sie reckte das Kinn in die Höhe und starrte ihrem Vorgesetzten fest in die Augen, bis dieser seufzend den Kopf schüttelte, zum Telefon griff und eine Nummer wählte.

»Ich werde sie schnappen, Hank«, versprach sie breit grinsend und verließ das Büro.

Nach Feierabend fuhr Grace bei ihrer Mutter vorbei, ehe sie sich auf den Heimweg machte. Kaum zu Hause angekommen, streifte sie sich die schwarzen Pumps von den Füßen, zog das blaue Jackett aus und lief in die Küche, wo sie einen Blick in den Kühlschrank warf. Ein halber Salat, der schon welkte, die Hälfte einer Pizza und ein Sixpack Bier - mehr war nicht zu finden. Grace durchforstete die Küchenschränke nach etwas Essbarem und fand ein Mikrowellengericht. Seufzend entfernte sie die Verpackung und ärgerte sich, nicht bei ihrer Mutter gegessen zu haben. Doch dort hielt sie es nie lange aus, denn ihre Mutter neigte dazu, sie ständig verkuppeln zu wollen und sich darüber zu beschweren, dass aus ihrem kleinen, süßen Mädchen eine kühle und distanzierte Frau geworden war. Sie hatte es nie gutgeheißen, dass Grace zur Army gegangen und danach in die Fußstapfen ihres Vaters getreten war. Viel lieber hätte sie gehabt, wenn Grace endlich heiraten und ihr eine Schar Enkelkinder schenken würde. Doch da gab es zwei Probleme. Zum einen waren Kinder so ziemlich das Letzte, was Grace leiden konnte und zum anderen hatte sie kein Interesse an Männern. Nur wusste das ihre Mutter nicht und Grace hatte nicht vor, sich dahingehend zu outen, denn eine feste Beziehung kam für sie sowieso nicht infrage. Ihre Mutter und auch sonst niemand musste wissen, dass sie hin und wieder kurze Affären mit Frauen hatte, die aber nur dazu dienten, ihre sexuellen Bedürfnisse zu befriedigen. An einer Beziehung hatte sie kein Interesse. Sie war mit ihrer Arbeit verheiratet und mochte ihr Singledasein. Außer vielleicht die leere Küche. Aber Essen wurde überbewertet. Es diente als Nahrungsquelle und sollte satt machen, alles andere war Grace egal. Sie dachte nicht darüber nach, dass ihr Leben eigentlich ziemlich trostlos war und sie sich keinerlei Vergnügen gönnte. Weder beim Essen, noch anderweitig.

Selbst während sie lustlos das fade Mikrowellengericht aß, ging sie ihre Notizen durch und überlegte, was sie am besten unternahm, diesen Mädchenhändlern das Handwerk zu legen.

Eric Meyer hatte ihr erzählt, dass er für ein viel größeres Syndikat arbeitete. Neben ihm gab es noch drei weitere Männer verschiedenen Alters, die er persönlich gekannt hatte und zwei, die sich nicht zu erkennen gegeben hatten und mit denen sie nur telefonischen Kontakt hatten. Einer von diesen anonymen Männern hatte sie mit Insiderinfos versorgt, sodass Grace davon ausging, derjenige stammte aus den Reihen des FBI oder der Polizei. Sie hatten also einen Maulwurf, doch bisher hatte sie nicht den blassesten Schimmer, wer es sein könnte.

Der andere war anscheinend der Auftraggeber. Derjenige, der sozusagen die *Bestellungen* aufgab. Je nach Kundenkreis wurden Mädchen ausgesucht, deren Profil auf das Gewünschte passte. In Grace kochte wieder die Wut hoch, als sie Erics Aussage las. Wie auf einem Fleischmarkt, genauso hatte Eric es beschrieben. Er hatte es irgendwann nicht mehr ausgehalten, als die Mädchen immer jünger wurden. Der Mann hatte Gewissen gezeigt und sich gestellt. Das, was er zu berichten hatte, galt allerdings nur für Texas, von Entführungen in anderen Bundesstaaten hatte er, laut eigener Aussage, nichts gewusst. Zweimal war es dem FBI gelungen, die sogenannten Sammelstellen zu stürmen und Mädchen verschiedenen Alters zu befreien, aber von den Tätern fehlte jede Spur. Was wohl auf den Maulwurf zurückzuführen war, der sie vorher gewarnt hatte. Es war zum Verzweifeln. Deswegen war es Grace so wichtig, dem Fall in Oklahoma nachzugehen. Vielleicht bekam sie dort die Chance, mehr über die ganze Sache herauszufinden.

Ihr Handy schellte. Ein einfacher Klingelton, nichts Außergewöhnliches. Grace schob ihren Teller beiseite und nahm das Gespräch an. »Gracie, ich bin's«, meldete sich Ribera. »Ich habe das mit Oklahoma geklärt und sie freuen sich auf deine Unterstützung. Du wirst verdeckt ermitteln.«

»Bitte was?« Grace trank einen Schluck Bier, um den schalen Geschmack des Essens loszuwerden.

»Nenn es Zufall oder Schicksal, ganz egal, aber auf dieser Ranch wird eine Lehrkraft gesucht. Wir schleusen dich ein, dann bist du vor Ort und kannst dich umhören. Die Kollegen sind der Überzeugung, dass es jemanden auf dieser Ranch gibt, der da mit drinhängt.«

»Moment mal, Hank. Ich soll was? Ich bin keine Scheißlehrerin. Was soll ich den Kids denn beibringen?«

»Hattest du auf dem College nicht amerikanische Geschichte als Hauptfach?« »Ja.«

»Gut, dann bist du Lehrerin für Geschichte und Sport.«

»Hank, das ist die saublödeste Idee, die du jemals hattest.«

»Willst du weiterhin an diesem Fall arbeiten?«

»Natürlich!« »Dann bist du Lehrerin. Entweder das oder ich ziehe dich von dem Fall ab.« Hank beendete das Gespräch und Grace starrte wie vor den Kopf geschlagen auf das Handy.

# Kapitel 4

Die Überraschung war groß gewesen, als Grace aus dem Honda stieg, den ihr das FBI zur Verfügung gestellt hatte. Nein, sie war eigentlich nicht überrascht, geschockt traf es wohl eher. Nicht in ihren kühnsten Träumen hätte sie erwartet, was sie hier vorfand. Auch wenn das gesamte Anwesen der Bird Creek Ranch ein beachtliches Ausmaß aufwies, ließ sich nicht bestreiten, dass sich Grace wie auf einem anderen Planeten katapultiert fühlte. Einem Planeten, der aus stinkendem Rindermist, kreischenden Kindern und Cowboys bestand. Kaum hatte sie das Auto verlassen, waren zwei kleine Mädchen auf sie zugerannt gekommen und brabbelten ohne Punkt und Komma. Jetzt saß sie Doktor Dearing, einer Frau mit engelsblonden Haaren, einem runden Keksgesicht und viel zu viel Speck auf den Hüften, gegenüber und stand ihr Rede und Antwort, darauf bedacht, wie eine Lehrerin zu klingen, die ihren Beruf über alles liebte.

Bullshit! Mega Bullshit! Das würde sie Hank eines Tages heimzahlen, so viel war sicher!

»Ihre Referenzen gefallen mir, Miss Lewis«, sagte Doktor Dearing lächelnd. Scheinbar lächelte sie gerne. Zum Glück waren wenigstens diese beiden Rotzgören nicht anwesend. »Warum sagten Sie, haben Sie Houston verlassen?«

»Nun ja ...« Grace räusperte sich und versuchte, locker zu wirken. »An der Schule in Houston wurden Stellen abgebaut, es war mir einfach nicht mehr genug, was mir an Zeit mit den Kindern blieb. Sie wissen schon, man weicht auf Halbtagskräfte und unqualifizierte Hilfslehrer aus, nur um Geld zu sparen. Leider fand ich in Texas keine ähnliche Einrichtung, weswegen ich mich nach einem anderen Wirkungsfeld umschaute. Eine Bekannte, die in Tulsa lebt, erzählte mir von Ihrer Anzeige.«

»Ah ja, Misses Montgomery.«

»Richtig, Sie haben ja bereits mit ihr telefoniert.« *Misses Montgomery*, eigentlich Agent Montgomery vom FBI Büro in Oklahoma City, hatte bereits im Vorfeld alles für ein Vorstellungsgespräch in die Wege geleitet und Graces »Referenzen«, die sie zu einer Pädagogin mit Erfahrungen im Bereich psychisch labiler Jugendlicher machte, an Doktor Dearing geschickt.

»Und Sie könnten sich vorstellen, hier zu arbeiten? Ich sage Ihnen gleich, zwischen Houston und hier ist es ein himmelweiter Unterschied.«

*Ach, wirklich? Ist mir gar nicht aufgefallen*, dachte Grace, doch sie zauberte sich ein Lächeln auf die Lippen.

»Etwas Ruhe tut bestimmt gut«, antwortete sie.

»Oh, Ruhe werden Sie wenig haben, so viel ist sicher.« Doktor Dearing lachte. »Ich stamme

47

eigentlich aus Chicago und bin vor fast neun Jahren hier gestrandet. Glauben Sie mir, am Anfang dachte ich, ich würde es keinen Tag aushalten, doch dieser Ort hat etwas Magisches, in das man sich verliebt. Und nicht nur der Ort.« Sie kicherte mädchenhaft, was Grace mit einem schiefen Lächeln quittierte.

Doktor Dearing redete eindeutig zu viel, dennoch kam Grace nicht umhin, diese gut gelaunte Frau sympathisch zu finden. Sie hatte eine ehrliche und offene Art, etwas, was nur wenigen Menschen zu eigen war.

»Wir hatten vor kurzem einen Vorfall«, erzählte Doktor Dearing weiter. »Eines unserer Mädchen ist verschwunden. Die Polizei vermutet eine Entführung, deswegen müssen Sie ganz besonders behutsam vorgehen, denn der Schock sitzt uns allen noch in den Knochen. Bisher ist die Polizei leider noch keinen Schritt weiter.« Ihre Augen wurden glasig. Grace spürte, dass es Doktor Dearing sehr nahe ging, über dieses Thema zu sprechen.

»Wir sind hier so was wie eine große Familie. Alle, auch die Kids. Die Ungewissheit und die Angst um Melanie machen mich bald wahnsinnig.«

Grace nickte verständnisvoll. So sehr sie das alles hier verabscheute, sie wollte nicht nur Melanie helfen, sondern auch dieser Frau, die sich ernsthaft um das Wohl dieser Kinder kümmerte.

»Wenn Sie möchten, zeige ich Ihnen unser kleines Paradies.« Doktor Dearing lächelte wieder.

»Ja, sehr gerne.« Grace war aufgestanden und wartete, bis die Tierärztin voranging. Kaum hatte sie die Türe, die ihr Büro zur Diele trennte, geöffnet, stürmten wieder die beiden Mädchen hinein und beäugten Grace neugierig.

»Bist du die neue Lehrerin?«, fragte die Ältere.

»Vielleicht«, gab Grace zurück.

»Das sind Amy und Edwina, unsere Töchter«, erklärte Eve Dearing.

»Du bist hübsch«, piepste die jüngere Edwina und grinste, wobei sie eine beachtliche Zahnlücke entblößte.

»Danke ... Du auch.« Grace war verlegen. Musste sie sich jetzt unbedingt mit Kindern unterhalten?

»Na, dann geht mal spielen, ihr Mäuse. Ich möchte Miss Lewis das Anwesen zeigen.«

»Dürfen wir mitkommen?«, quengelte Amy. »Biiittte, Mom.«

»Aber ihr redet nicht dazwischen und lasst uns Erwachsene in Ruhe, verstanden?«

»Ja«, kam es einstimmig aus den Kindermündern.

Grace versuchte, sich ihre Gefühle nicht anmerken zu lassen. Edwina nahm sie bei der Hand und zog sie durch die Diele in die Küche. Grace wollte sich schütteln, denn Edwinas Hand klebte.

»Das ist Grandma Beth«, plapperte sie mit ihrer hohen Kleinmädchenstimme.

»Guten Tag«, sagte Grace artig und war froh darüber, ihre Hand aus der Umklammerung des Kindes befreien zu können, als sie die ältere, aber rüstige Frau begrüßte.

»Freut mich«, gab Beth zurück und wechselte einen Blick mit Eve, die im Türrahmen stand.

»Das ist Grace Lewis, eventuelle neue Lehrkraft für Geschichte und Sport.«

»Ah«, erwiderte Beth. »Sie können sich keinen besseren Arbeitsplatz vorstellen, also sagen Sie zu, wenn Sie danach gefragt werden.« Sie lachte und widmete sich wieder dem Herd, auf dem etwas vor sich hinbrutzelte.

»Komm, ich zeig dir die Pferde.« Wieder patschte Edwina nach Graces Hand.

»Eddy, Liebling, Miss Lewis möchte sicherlich nicht als Erstes die Pferde sehen. Sie ist Lehrerin, also stelle ich ihr die Schüler vor.«

»Okay.« Edwina zog eine Schnute.

Gerade als sie ins Freie traten, kamen zwei weitere Frauen auf sie zu.

»Mommy«, riefen die Mädchen, rannten los und fielen einer der Frauen um den Hals. Grace runzelte die Stirn und sah Doktor Dearing fragend an.

»Meine bessere Hälfte«, meinte sie lächelnd. »Bobby Hale, der Grund, warum mich Chicago nie wieder gesehen hat.« Es war, als zöge jemand Grace den Boden unter den Füßen weg. Wo war sie hier gelandet? War das Absicht von Hank gewesen, ausgerechnet sie auf eine Ranch zu schicken, die von zwei Frauen geleitet wurde? Verheirateten Frauen? Obwohl, er wusste nicht, dass Grace lesbisch war, oder doch? Eigentlich hatte sie immer aufgepasst, dass das niemand merkte, aber Hank Ribera konnte man so leicht nichts vormachen.

»Das ist Jenny Porter, unsere Vorarbeiterin«, erklärte Eve. Wieder runzelte Grace die Stirn, als sie die junge Frau in Jeans und Cowboystiefeln begrüßte. Dieses Gesicht ... Sie blickte zwischen Jenny und Amy hin und her. Die zwei wiesen verdammt viel Ähnlichkeit auf, aber hatte Amy nicht Eve und diese Bobby Mom genannt? Was war hier los? Vielleicht war Jenny Porter die große Schwester von Amy. Ja, so musste es sein.

»Mädels, das ist Grace Lewis aus Houston. Sie überlegt, bei uns einzusteigen. Geschichte und Sport.«

»Herzlich willkommen, Miss Lewis«, sagte Bobby Hale und tippte sich an ihren Hut. »Eine interessante Mischung. Wie wird man Lehrerin für Geschichte und Sport?«

»Na ja.« Grace überlegte eine passende Antwort. Die Idee von Hank war absolut schwachsinnig gewesen.

»Man muss nicht nur seinen Geist fit halten, sondern auch den Körper.«

»Da haben sie recht. Nun, auch wenn wir den ganzen Tag auf den Beinen sind, gezielter Sport kommt leider viel zu kurz bei uns.« Bobby schmunzelte und Grace warf einen Blick auf Eve, der Sport mit Sicherheit guttäte.

»Wir bleiben bei Jenny«, beschloss Amy und dackelte wieder ins Haus.

»Wascht euch die Hände, bevor ihr was esst«, wies Eve an.

*Oh ja,* dachte Grace. *Wascht euch bitte unbedingt die Hände!* Das hätte sie auch am liebsten getan, denn Edwinas Spuren klebten immer noch an ihr. Während sich Bobby und Jenny um die Kinder kümmerten, setzten Eve und Grace ihren Weg fort. Noch immer staunte Grace über die Größe der Ranch.

»Wie kam es dazu, dass Sie von Chicago aus ausgerechnet hier gelandet sind?«, fragte Grace.

»Die Ranch gehörte meinem Onkel und er hat sie mir und Bobby, die wie eine Tochter für ihn war, hinterlassen. Es dauerte, bis wir uns arrangiert hatten, denn eigentlich wollte ich verkaufen und mit dem Geld in Chicago meine Tierarztpraxis erweitern. Ich bin sehr froh, dass alles ganz anders gekommen ist. Es gibt einfach kein schöneres Leben.«

Ein Hund gesellte sich zu ihnen, der freudig an Grace schnüffelte. Sie wurde stocksteif. Kinder,

Hunde, Rinder - was würde sie noch alles ertragen müssen?

»Keine Angst, das ist Asha. Sie tut nichts.« Eve schmunzelte.

»Na, hoffentlich weiß sie das auch«, gab Grace zurück und schob die Hündin mehr oder weniger sanft mit dem Fuß beiseite.

»So, da wären wir.« Eve blieb stehen. Vor ihnen standen Blockhütten, die im Halbkreis angeordnet waren. In der Mitte befand sich eine etwas größere Hütte, vor der sich drei Teenager und ein Mann befanden.

»Das sind die Unterkünfte der Kids und auch von einigen der Angestellten. Die größere Hütte dient als Klassenzimmer, aber manchmal verlegt Mister Carter den Unterricht nach draußen. Unser Konzept sieht folgendermaßen aus: Die Jüngeren haben regulären Schulunterricht, also zumindest versuchen wir, uns an den Lehrplan so gut wie möglich zu halten, damit sie den Anschluss nicht verlieren. Allerdings werden die Jugendlichen in fast alles hier eingebunden. Sie übernehmen Aufgaben ihrem Alter entsprechend. Heißt, auch Farmarbeit muss sein, genauso wie der Umgang mit den Tieren. Das lehrt sie Verantwortungsbewusstsein und Respekt vor Lebwesen. Wir sehen unsere Rinder nicht als reine Geldquelle oder Schlachtvieh. Es sind fühlende Wesen und genauso werden sie behandelt.« Eve nickte Mister Carter zu, der auf die Frauen zuging. »Mister Carter ist für Mathematik und Englischunterricht verantwortlich. Naturwissenschaftliche Fächer übernehme ich. Hin und wieder bekommen wir Unterstützung unseres Landtierarztes - also alles in allem sehr unkonventionell.« Sie lächelte, als sei das etwas Gutes.

Grace schüttelte kaum merklich den Kopf. Das hier war die reinste Hippiekommune.

»Guten Tag«, begrüßte Mister Carter die Frauen und Grace wurde vorerst aus ihren Gedanken gerissen.

»Joshua, das ist Grace Lewis aus Houston. Sie bewirbt sich um die freie Stelle.«

»Ah, welch Segen.« Er nahm Graces Hand in seine und schüttelte sie herzlich. »Oh, wow, Sie haben einen verdammt festen Händedruck. Kommen Sie, Miss Lewis, ich stelle Ihnen die Kids vor.«

Waren denn hier alle fröhlich? Grace glaubte mittlerweile, dass sie in einer kunterbunten Heile-Welt-Komödie gefangen war. Diese Leute waren die beschissenen Waltons! Seit sie hier war, konnte sie noch keinen klaren Gedanken fassen. Alles prasselte auf sie ein. Eve Dearing mit ihrem pausenlosen Geschnatter, die Kinder, die ihr in Zukunft hoffentlich vom Leib blieben, diese Gerüche, von denen ihr ganz flau im Magen wurde und nun auch noch Mister Carter, der mit nackten Füßen in Sandalen vor ihr stand.

»Kinder, darf ich euch Miss Lewis vorstellen? Sie wird eure neue Lehrerin für ...«

»Geschichte und Sport«, half Grace Joshua Carter auf die Sprünge, woraufhin die Jugendlichen maulten und aufstöhnten.

»Keine Sorge, sie sind ganz zahm. Solange man sie nachts nicht füttert.« Er lachte über seinen eigenen, abgedroschenen Witz auf die Anspielung des Filmes Gremlins.

Grace räusperte sich. Wurde jetzt von ihr eine Ansprache erwartet? Alle Augen waren auf sie gerichtet, also ja, sie sollte wohl etwas sagen.

»Hallo zusammen.« Sie rang sich ein Lächeln ab, verschränkte die Arme hinterm Rücken und lief vor den Teenagern auf und ab. »Sofern ich mich für diese Tätigkeit entscheide, hoffe ich, wir werden gut zusammenarbeiten. Allerdings wird bei mir kein Unterricht im Freien stattfinden, es sei denn, wir betätigen uns sportlich. Und damit meine ich nicht Yoga oder irgendeinen anderen Entspannungskram wie Thai Chi. Körperliche Fitness ist das A und O eines wachen Geistes. Ihr werdet merken, wie gut es tut, an eure Grenzen zu gehen, eure Körper zu spüren, jeden Muskel und jede Sehne.« Grace redete sich in Rage und hatte dabei nicht bemerkt, dass sie wie ihr Ausbilder bei der Army klang.

»Ja, nun ja ...« Eve unterbrach ihren Vortrag und wirkte irritiert. »Von Yoga wird man auch fit. Wir werden sehen, inwieweit wir das Sportprogramm in den Lehrplan einbauen können.«

»Aber sicher.« Grace trat zur Seite und überließ Mister Carter wieder das Feld, der sie mit einer Mischung aus Argwohn und Entsetzen anblickte. Sie schalt sich für ihren Fehler, hatte sie für einen kurzen Moment doch vergessen, mit wem sie es hier zu tun hatte. Das hier war nicht Quantico!

»Haben Sie denn schon eine Wohnung gefunden?«, fragte Eve jetzt.

»Nein. Derzeit lebe ich noch in einem Motel in Owasso.«

»Nun, wenn Sie das möchten, können Sie in eine der Hütten ziehen. Kostenfrei natürlich. Keine Sorge, es ist kein vierundzwanzig Stunden Job, aber Sie ersparen sich die tägliche Anfahrt.«

»Das klingt gut«, sagte Grace spontan. Besser ging es gar nicht.

»Dann müssen wir uns jetzt nur noch über Ihr Gehalt einig werden. Also von meiner Seite aus haben Sie den Job!«

Als Erstes, nachdem sie Bird Creek verlassen hatte, rief Grace Hank an.

»Gracie, ist alles in Ordnung?«, meldete er sich.

»Willst du mich verarschen?«, brüllte sie in ihr Handy. »Warum hat mir niemand gesagt, dass das *Unsere kleine Farm* auf lesbisch ist?«

Sie hörte, wie Hank leise lachte.

»Ach Gracie, spiel einfach mit und tue so, als seist du Laura Ingalls.«

»Sehr witzig, Ribera, wirklich witzig.«

»Na, erzähl schon. Wie ist es gelaufen?«

»Ich habe die Stelle und ziehe morgen auf das Anwesen. So kann ich rund um die Uhr ermitteln. Du müsstest das sehen, Hank. Das glaubt mir niemand. Ich hatte einiges erwartet, aber das ist die reinste Östrogenfolter. Alles ist so heimelig und perfekt, sodass man beinahe Angst bekommt.«

»Es ist eben nicht alles perfekt, deswegen bist du ja da. Außerdem bin ich der Meinung, ein bisschen mehr heile Welt täte dir auch ganz gut, Gracie.«

»Ich melde mich wieder, sobald es etwas Neues gibt«, überging sie Hanks Kommentar und drückte das Gespräch weg.

Seufzend und völlig fertig ließ sie sich aufs Bett fallen. Wenn nur diese paar Stunden sie schon so stressten, wie sollte es erst werden, wenn sie dauerhaft auf Bird Creek wohnte?

# Kapitel 5

Jenny war gerade dabei, die Pferde aus dem Stall zu führen, als Grace Lewis auf den Hof fuhr und geradewegs auf die Blockhütten zusteuerte. Kein Gruß, kein Blickkontakt, sie starrte fast schon verbissen nur geradeaus.

»Kannst du kurz übernehmen, Jack?« Jenny übergab den Hengst an ihren Helfer. »Der Schmied müsste gleich da sein, du weißt ja, was zu tun ist.«

Sie folgte Grace, die den Wagen bereits vor ihrer neuen Behausung geparkt und den Kofferraum geöffnet hatte.

»Guten Morgen«, rief sie Grace zu, die aufblickte und ihre Augen mit der Hand vor der Sonne abschirmte.

Als Antwort bekam sie nur ein kurzes Nicken.

»Kann ich Ihnen beim Tragen helfen?«, bot Jenny an.

»Nicht nötig«, erwiderte Grace, hievte einen Koffer aus der Rückseite des Autos und schloss den Kofferraum wieder.

Das war alles? Ein einzelner Koffer?

»Ihre persönlichen Dinge werden wohl noch geliefert, hm?«

Grace sah Jenny irritiert an.

»Das ist alles. Mehr habe ich nicht.«

»Oh, das ist ... das nenne ich minimalistisch.« Jenny

lachte. »Ich kann Sie verstehen, ich mags auch nicht, wenn alles vollgestopft ist.«Ungefragt folgte sie Grace in die Hütte, die Eve am Nachmittag zuvor noch eigenhändig geputzt und dekoriert hatte. Viel Platz für Graces persönliche Dinge wäre ohnehin nicht gewesen. Eve und ihrer Dekowut sollte man sich besser nicht in den Weg stellen. Jenny beobachtete, wie Grace sich umsah. Auf ihrem Gesicht war nicht zu erkennen, ob die Einrichtung ihren Geschmack traf. Überhaupt machte sie auf Jenny einen recht verschlossenen Eindruck. Das würde sich sicherlich mit der Zeit ändern, wenn sie erst einmal mit allen warmgeworden war. Aber auch alles andere an Grace Lewis wirkte ... Jenny überlegte. Kühl, distanziert und gradlinig. Ihr waren schon beim ersten Zusammentreffen die stahlgrauen Augen aufgefallen, die keinerlei Wärme in sich trugen, egal, wie sehr Miss Lewis sich anstrengte, einen anderen Eindruck zu hinterlassen.

Diese Bedenken hatte auch Eve geäußert. Sie hatte sich durchschaut gefühlt, angesichts des Theaters, das sie Grace vorgespielt hatten. Es war nämlich ganz und gar nicht so, als hätten sie das Thema Melanie zu den Akten gelegt. Eve war krank vor Sorge und machte sich pausenlos Vorwürfe. Eigentlich hatte sie gar keine neue Lehrkraft mehr einstellen wollen, doch Bobby und Jenny hatten sie überzeugt, dass sie Entlastung brauchte. Also gab Eve ihr Bestes, sich nach außen hin nichts anmerken zu lassen. Ihre Blicke trafen sich flüchtig. Graces Lippen waren fest zusammengepresst, ihre hohen Wangenknochen zuckten.

»Wenn sonst nichts weiter ist ...«, sagte sie förmlich.

»Oh, ja natürlich. Sie wollen auspacken. Sollten Sie doch bei irgendwas Hilfe brauchen, kommen Sie einfach zum Haupthaus. Ach, um zwölf gibt es einen Mittagssnack.« Jenny wandte sich zur Türe.

»Ich esse nicht zu Mittag«, sagte Grace und öffnete ihren Koffer.

»Tja, falls Sie es sich doch noch anders überlegen, Sie wissen, wo Sie uns finden.«

Entmutigt verließ Jenny die Hütte. Diese Frau war eine harte Nuss. Eine verdammt harte Nuss! Als sie sich noch einmal umdrehte, sah sie, wie Grace einen Karton aus dem Auto holte.

»Du hast also nicht mehr, hm? Warum hast du gelogen?«, murmelte Jenny.


Gedankenversunken saß Jenny in der Küche und aß bereits ihr zweites Käsesandwich, das Beth ihr zubereitet hatte. Eve, Bobby und die Mädchen waren in der Stadt, da Amy bald in die Schule kam und neue Sachen brauchte. Im Hintergrund werkelte Beth herum, das Geklimper und Geklapper hatten eine beruhigende Wirkung auf Jenny, sodass sie sich völlig entspannte. Es war noch zu früh, um Grace

Lewis sehr seltsam zu finden, oder? Die Frau war gerade mal ein paar Stunden da, dennoch ging sie Jenny nicht aus dem Kopf. Am Vormittag hatte sie beobachtet, wie Grace über das Grundstück lief und sich alles sehr genau anguckte. Hin und wieder kritzelte sie etwas in ein Notizbuch. Sie sprach mit einigen Arbeitern und auch mit zwei der Jugendlichen. Vielleicht wollte sie einfach nur Kontakte knüpfen und sich zurechtfinden. Ja, das musste es sein. Es gab nichts, was daran merkwürdig war. Die Einladung zum Mittagessen hatte sie abgelehnt, was Beth mit einem angesäuerten Schnauben quittierte, als Jenny es ihr mitteilte.

»Denkt die feine Madame, wir liefern ins Haus?«, hatte sie gewettert.

Jenny wusste aber, dass Beth genau das machen würde. Sie würde keine ruhige Minute haben, wenn sie sich nicht sicher war, dass alle Mitglieder der Ranch versorgt waren.

Sie seufzte und sah auf Beths Rücken. Noch eilte die Haushälterin flink durch die Küche, aber wie lange noch?

»Kann ich dir helfen?«, fragte sie, schob sich den letzten Bissen Sandwich in den Mund und stellte ihren Teller in die Spülmaschine.

»Nein, Kind. Leg dich doch eine halbe Stunde in den Garten, ich bringe dir sofort Kaffee.« Beth lächelte.

Da Samstag war, hatte Jenny etwas mehr Zeit als sonst und nahm den Vorschlag nur allzu gerne an. Schnell war sie aus ihren derben Arbeitsstiefeln geschlüpft und legte sich auf eine der Sonnenliegen.

»Ahh«, machte sie, als sie gemächlich in das Polster rutschte.

Nur wenig später brachte Beth den versprochenen Kaffee und wie zu erwarten, sagte sie:

»Ich bring Miss Lewis schnell ein Sandwich. Bin gleich zurück.«

Schmunzelnd schloss Jenny die Augen und ließ sich von den Sonnenstrahlen verwöhnen.

»Ohh, diese Frau ist einfach nur ...«

»Was war denn?«, wollte Jenny wissen, als Beth wieder zurück war.

»Ich sag dir, mit der stimmt was nicht«, antwortete Beth im Verschwörerton. »Sie starrte auf das Sandwich, als wollte ich sie vergiften. Hat den Teller mit spitzen, langen Fingern an sich genommen. Als habe ich es nötig, jemanden mein Essen aufzuzwingen. Wahrscheinlich hat sie es direkt in den Müll geworfen. Nicht mal ihre Hütte durfte ich betreten. Hat sich davor gestellt wie ein Rausschmeißer.« Beth redete ich in Rage. »Hast du dir mal ihre Augen angesehen? Eiskalt, sag ich dir. Sie hat irgendwas Wölfisches an sich. Mit der stimmt was nicht, Jenny.«

»Bist du nicht ein bisschen voreilig?« Jenny zog ihre Stiefel an. »Mich konntest du damals auch nicht leiden. Wer weiß, vielleicht ist sie einfach nur schüchtern. Lass ihr Zeit.«

Doch die Ältere ließ sich nicht beruhigen. Immer noch wütend brummelnd verschwand sie in ihre Küche und klapperte mit den Töpfen.

Jenny schüttelte den Kopf, erhob sich schwungvoll und reckte sich, wobei etliche ihrer Knochen knirschten und knackten. Sie bräuchte jemanden, der ihre Wirbel mal wieder an die richtigen Stellen rückte.

»Bin wieder bei der Arbeit«, rief sie Beth im Rausgehen zu.

Sie spürte die Blicke im Nacken, während sie mit einem Stück Draht kämpfte, das für einen neuen Zaun gespannt werden musste. Die Sonne war noch erbarmungsloser gegen Mittag geworden und jetzt strahlte sie so unerbittlich, dass Jenny der Schweiß in Strömen vom Körper rann. Mittlerweile trug sie nur noch ein dünnes Top, was aber auch schon total verschwitzt war. Instinktiv drehte sie sich um und erspähte Grace, die abseits der Weide stand und ihr bei der Arbeit zusah. Plötzlich wurde Jenny gehemmt und wusste nicht mal, warum. Sie überlegte, was sie tun sollte. Einfach weiterarbeiten und darauf hoffen, dass Miss Lewis wieder abdackelte? Sie grüßen?

Ansprechen? Verdammt! Irgendwie war ihr die Fähigkeit abhandengekommen, mit fremden Menschen zu kommunizieren. Aus ihr war ein Einsiedlerkrebs geworden! Eine von den schüchternen Tussis, die sie damals in der Schule gemobbt hatte.

Sie mühte sich weiter mit dem widerspenstigen Draht ab und als sie sich noch mal umsah, stellte sie fest, dass Grace geradewegs auf sie zukam. Scheiße! Jenny zog ein Tuch aus ihrer Hosentasche und wischte sich damit den Schweiß vom Gesicht.

»Haben Sie denn keine Hilfe?«, fragte Grace und scannte Jenny von oben bis unten.

»Nein, heute nicht. Die Kids haben frei, die Chefinnen sind auf Shoppingtour und auch die Hälfte der Arbeiter ist nach Hause gefahren. An den Wochenenden machen wir eigentlich alles alleine und das wäre jetzt auch nicht wirklich dringend nötig, aber ich arbeite schon mal vor.«

»Aha«, gab Grace zurück und ließ ihren Blick schweifen. »Ganz schön viel Verantwortung. Da ist es wohl nicht verwunderlich, dass die Fürsorge der Jugendlichen schon mal zu kurz kommt, hm?«

»Wie bitte?« Jenny blinzelte verärgert. »Das ist ganz und gar nicht so. Eve würde für jeden Einzelnen von ihnen ihr Leben geben! Wir können uns selbst nicht erklären, wie es dazu kommen konnte. Melanie war ...« Sie legte sich die Worte zurecht. »Na ja, sie war ziemlich locker im Umgang mit den Männern, wenn Sie verstehen. Wer weiß, ob sie nicht einfach durchgebrannt ist.«

»Fehlt denn einer Ihrer Männer?«

»Nein.«

»Na, dann wird dieses Szenario ja eher nicht passiert sein, oder?«, sagte Grace schnippisch und Jenny fühlte sich wie ein kleines Kind, welches zurechtgewiesen wurde. »Sagen Sie, Miss ...«

»Porter, aber nennen Sie mich einfach Jenny.«

»Jenny, okay. Sie und die ältere Tochter des Hauses ...«

»Amy«, half Jenny.

»Richtig, Amy. Sind Sie beide Geschwister?«

»Wie kommen Sie denn darauf?«

»Nun ja, die Ähnlichkeit ist frappierend. Ich habe für so etwas einen Blick.«

»So, so, haben Sie das?« Jenny schmunzelte. »Nein, wir sind keine Geschwister. Amy ist ... sie ist meine Tochter.«

Grace war sprachlos. Ihre grauen Augen hefteten sich geweitet auf Jenny und sie suchte offensichtlich nach den richtigen Worten.

»Ihre Tochter? Und wie kommt es ... warum ...?«

»Warum sie bei Eve und Bobby lebt?«

Grace nickte.

»Die beiden haben sie als Baby adoptiert. Ich war erst 18 Jahre alt und hatte, na ja, nennen wir es

Probleme. Drogen, Alkohol, Knast - die ganze Palette, die einen Menschen so richtig sympathisch macht.« Sie grinste schief. Gott sei Dank hatte sie mit ihrer Vergangenheit abgeschlossen, sodass sie kein Problem damit hatte, frei darüber zu reden. Dieses Leben lag hinter hier und sie hatte mehr als einmal bewiesen, dass sie sich verändert hatte. Kein Grund, sich zu schämen.

»Oh, das ist ...« Grace räusperte sich. »Interessant. Und es macht Ihnen nichts aus, Ihre Tochter tagtäglich zu sehen? Weiß Amy, dass Sie ihre Mutter sind?«

Jenny griff zu ihrer Wasserflasche und ließ sich ins Gras fallen. Wenn sie schon plauderten, dann konnte sie sich auch entspannen. Ihr Rücken brachte sie noch um.

»Nein, sie weiß es noch nicht. Wir haben beschlossen, sie soll erst noch etwas älter werden, damit sie es versteht. Es war damals meine Entscheidung, dass Eve und Bobby für sie sorgen sollen, weil ich wusste, es gibt keine besseren Mütter für Amy. Ob es mir etwas ausmacht? Hm, schwierige Frage. Ich freue mich und bin jeden Tag dankbar, dass sie gesund ist, obwohl ich alles dafür tat, dass sie fast gestorben wäre. Ich habe mein Recht, ihre Mutter zu sein, verspielt, also habe ich auch jetzt kein Recht, traurig zu sein, dass sie nicht bei mir lebt.«

Während sie das sagte, hatte sich ein dicker Kloß in

ihrem Hals gebildet. Warum erzählte sie das dieser Frau eigentlich? Vielleicht, weil sie noch nie zuvor mit jemandem darüber gesprochen hatte? Jenny behielt ihre Gefühle meistens unter Verschluss, doch jetzt merkte sie, wie gut es tat, diese Tatsachen auszusprechen.

Grace erwiderte nichts darauf, sondern setzte sich auf einen Stein, darauf bedacht, dass ihre Hose nicht verknubbelte.

»Sie sollten sich etwas anziehen, an dem Sie nicht so hängen«, bemerkte Jenny, die Graces Outfit, bestehend aus einer grauen Stoffhose und einem weißen Polohemd, unpassend und absolut spießig fand. »Hier macht man sich schnell dreckig.«

»Ich pass schon auf«, gab Grace spitz zurück. »Ich werde wohl kaum mit Gummistiefeln und Latzhose herumlaufen, falls Sie das meinen.«

»Ihre Entscheidung!« Jenny erhob sich und hielt sich dabei den Rücken. »Ich muss weitermachen. Einen schönen Tag noch.«

Sie drehte sich um, damit Grace nicht sah, wie verletzt sie über die Worte war. Wirkte sie mittlerweile so auf andere Menschen? Wie ein Redneck aus dem tiefsten Süden? Gummistiefel, Latzhose und den ultimativen Strohhut - na, vielen Dank auch! Erst als sie alleine war, ließ sie ihren Gefühlen freien Lauf. Unwirsch, geradezu zornig, zerrte sie an dem Draht, rutschte ab und riss sich an einem Nagel, der in dem Pfosten steckte, die Handfläche auf. Ein breiter Schnitt, aus dem augenblicklich Blut quoll.

»So eine ...« Jennys Augen füllten sich mit Tränen. Aus ihrer Hosentasche holte sie das Tuch hervor, das sie provisorisch um die Wunde wickelte, doch das brachte wenig. Schon nach wenigen Sekunden war das Tuch blutdurchtränkt.

Früher hatte sie immer auf ihr Aussehen geachtet, doch seit sie die Ranch kaum noch verließ, war ihr das nicht mehr wichtig. Grace kam aus einer völlig anderen Welt, aber deswegen musste sie nicht denken, dass sie es hier mit einem Haufen Hinterwäldler zu tun hatte.

Ein pochender, brennender Schmerz durchzog ihre Hand, als sie sich auf ihre Stute setzte und zurück zum Hof ritt. Fast gleichzeitig trafen auch Eve und Bobby ein. »Was ist passiert?«, fragte Eve besorgt, als sie blutigen Fetzen, der einst das Tuch gewesen war, bemerkte.

»Halb so wild«, wiegelte Jenny ab. »Ich hab mich geschnitten.«

»Das sieht nicht nach halb so wild aus. Komm ins Haus, das muss eventuell genäht werden.

Eine Ärztin im Haus war schon praktisch und auch wenn Eve Tierärztin war, konnte sie mit Nadel und Faden umgehen. Die Wunde wurde gesäubert und mit wenigen Stichen genäht.

»Wie sieht es mit deinem Tetanusschutz aus?«, fragte Eve, während sie die Hand verband.

Als Antwort hob Jenny den Daumen ihrer gesunden Hand.

»Gut, sei aber trotzdem in den nächsten Tagen etwas vorsichtig.«

»Alles klar. Danke dir.« Jenny strubbelte durch Amys Haare, die interessiert zugesehen hatte. »Na, wirst du auch Ärztin, wenn du groß bist?««, fragte Jenny grinsend.

»Nö, das ist ekelig.«

»Ach, du magst wohl keine blutigen Hände?« Jenny hatte ihre Stimme gruselig verstellt und kitzelte Amy durch, bis sie laut quietschte.

»Entschuldigung.« Jenny drehte sich um und sah Grace im Türrahmen stehen.

»Kommen Sie rein, Miss Lewis«, sagte Eve, während sie das Verbandsmaterial zusammenpackte.

Jennys Miene verfinsterte sich augenblicklich.

»Ich will gar nicht lange stören ... Oh, was ist passiert?«, fragte Grace mit einem Blick auf Jennys Hand.

»Nichts weiter.«

»Können wir helfen?«, ging Eve dazwischen.

»Ja, ich wollte nur wissen, ob ich mir etwas Salz und Pfeffer borgen könnte?«

»Sicher.« Eve deutete auf das Gewürzregal. »Sie können gerne zum Abendessen ins Haus kommen,

Beth kocht immer für ein ganzes Baseballteam. Außerdem ist Wochenende, wir könnten ein Glas Wein zusammen trinken.«

»Danke, aber ich esse lieber alleine.« Grace nahm die Gewürze an sich und verabschiedete sich.

»Komische Frau«, nuschelte Eve kopfschüttelnd und ließ Jenny alleine.

# Kapitel 6

Grace hatte sich ein Steak gebraten und aß dazu einen Salat. Die eingebaute Küche in der Blockhütte war zwar klein, aber zweckmäßig. Wer immer die Hütte eingerichtet hatte, hatte wirklich an alles gedacht - außer an Gewürze.

Nach dem Essen setzte sich Grace mit einer Flasche Bier auf die Veranda vor dem Häuschen. Es war bereits dunkel. Fasziniert schaute sie in den Himmel. Noch nie hatte sie so viele Sterne gesehen. Die leichte Brise, die der Wind mit sich brachte, sorgte für etwas Abkühlung. Die Ruhe, die hier herrschte, war fast schon gespenstisch, wenngleich Grace zugeben musste, dass sie es genoss. Morgen wollte sie mit den Befragungen beginnen und sie hoffte, die Angestellten waren offen zu ihr. Sie musste bei ihren Befragungen möglichst behutsam und subtil vorgehen. Die Menschen, die hier lebten, waren eine eingeschworene, in sich geschlossene Gemeinschaft und es würde schwer werden, als Außenstehende das Vertrauen zu gewinnen.

Gerade, als sich Grace zurückziehen wollte, sah sie Jenny, die zu ihrer Hütte lief. Sie fand die junge Frau beeindruckend und auch das, was sie hier leistete. Auf der anderen Seite fragte sich Grace, ob sie mit ihrem Leben wirklich glücklich war. Auch wenn Jenny bemüht war, einen lockeren und fröhlichen

Eindruck zu erwecken, hatte Grace hinter die Fassade geschaut. Sie hatte Jenny bei der Arbeit beobachtet. Auf ihrer Stirn waren Falten und um ihren Mund ein gepresster Zug. Sie wirkte nicht unbedingt, wie eine ausgeglichene Frau Mitte zwanzig. Und auch jetzt, wo sie sich wieder unbeobachtet fühlte, wirkten ihre Augen traurig. Sie behauptete zwar, dass Amy bei Eve und Bobby in den besten Händen war und dass es ihr nichts ausmachte, aber Grace glaubte diesen Worten nicht so recht. Sie schien sich für irgendwas zu bestrafen und sich selbst die Chance zu nehmen, ein eigenes Leben zu führen. Grace konnte nicht sagen, warum sie sich Gedanken um Jenny machte. Sicher ... sie war verdammt sexy mit ihren endlos langen Beinen, dem durch die harte Arbeit gestählten Körper und ihren großen Augen, die auch ungeschminkt von einem dichten Wimpernkranz umrahmt wurden. Doch das allein war es nicht. Es steckte eine enorme Willenskraft und Stärke in ihr. Niemand, selbst die erfahrenen und wesentlich älteren Farmarbeiter, stellte ihre Autorität infrage, dabei war sie noch so blutjung.

Grace hörte das Ploppen eines Kronkorkens und sah, wie sich Jenny mit ausgestreckten Beinen vor ihre Hütte setzte. Sollte sie zu ihr rübergehen? Grace entschied sich dagegen, stand leise auf und ging in ihre Behausung.

Grace war schon früh auf den Beinen, hatte bereits einige Einkäufe in der Stadt erledigt und unternahm wieder einen Rundgang über das Anwesen. Sie hoffte, heute mit dem ein oder anderen Arbeiter sprechen zu können, bevor sie sich auf den morgigen Schultag vorbereitete. Sie hatte Jennys Ratschlag beherzigt und eine etwas passendere Garderobe gewählt: Jeans, ein lässiges Shirt und Turnschuhe, die noch wie neu aussahen, obwohl sie schon ein Jahr alt waren. Grace bekam nicht oft die Möglichkeit, in Zivil herumzulaufen. Zumeist trug sie entweder einen blauen oder einen schwarzen Hosenanzug.

»Miss Lewis.« Eve kam mit wehenden Haaren auf sie zu, als sie im Begriff war, den Pferdestall zu betreten. »Guten Morgen.«

Grace nickte zur Begrüßung.

»Es wäre schön, wenn Sie sich heute Abend zu uns gesellen. Die Kids kommen zwischen 5 und 6 Uhr von ihrem Wochenende *nach Hause* und wir besprechen den Lehrplan für die kommende Woche. Bei der Gelegenheit können Sie die Schüler schon einmal persönlich kennenlernen und herausfinden, auf welchem Level sie im Thema Geschichte sind.«

»Ja, das klingt gut«, antwortete Grace. »Wann und wo?«

»Sagen wir gegen 7 Uhr? Wir werden im Garten sein. Vielleicht schmeißen wir den Grill an, also bringen Sie Hunger mit.«

73

Eve besaß ein so strahlendes Lächeln, dass man gar nicht anders konnte, als sie zu mögen.

»Ich ... ja, okay. Ich werde da sein.« Grace hasste es, mit fremden Menschen an einem Tisch zu sitzen. Meistens lief es darauf hinaus, dass irgendwer zu plaudern begann und sie sich wahnsinnig langweilte.

»Gut, ich freue mich. Kann ich Ihnen bei irgendetwas helfen?«

»Nein, danke. Ich komme zurecht.« Grace zwang sich zu einem Lächeln. »Ich habe mich bereits eingerichtet und Gewürze habe ich heute Morgen auch schon besorgt.«

»Es tut mir leid, dass ich das vergessen habe«, entschuldigte sich Eve. »Da wir meistens alle zusammen die Mahlzeiten einnehmen, habe ich gar nicht daran gedacht.«

»Das ist wirklich kein Problem, ich kann für mich selber sorgen und Gewürze kaufen.« Das klang abweisender, als sie es eigentlich geplant hatte. Grace schickte eine Entschuldigung hinterher, als sie Eves betroffenen Gesichtsausdruck bemerkte.

»Ich muss mich um die Kinder kümmern«, meinte Eve. »Haben Sie einen schönen Tag, Miss Lewis.«

Grace fuhr sich durch die kurzen Haare und seufzte. Sie musste sich dringend einen anderen Tonfall angewöhnen, hier waren alle etwas sensibel.

»Und Sie haben nichts vom Verschwinden des Mädchens mitbekommen? Ich meine, hier ist doch ständig etwas los und scheinbar weiß jeder über jeden Bescheid.« Grace unterhielt sich im Stall mit einem der Arbeiter, dessen Namen sie schon wieder vergessen hatte.

»Mit den Kids habe ich nichts zu tun«, kam als knappe Antwort. »Bin meistens auf den Weiden.«

Das war schon der dritte Arbeiter, der nichts wusste. Grace wollte schon aufgeben, als sie bemerkte, wie sie beobachtet wurde. Sie drehte sich um und erspähte einen der Jugendlichen, der sich schnell abwandte. Verdammt, sie war sich sicher, seinen Namen schon mal gehört zu haben. James? Michael? Nein, irgendwie kürzer. Mitch, ja das wars. Wie beiläufig schlenderte sie zu ihm hinüber.

»Guten Morgen, Mitch.«

Der Junge sah sie irritiert an.

»Wer ist Mitch? Ich heiße Jack.«

»Natürlich.« Grace räusperte sich. »Du bist nicht zu deinen Eltern gefahren?«

»Nein«, sagte Jack und hievte einen Heuballen auf eine Schubkarre. »Hab nur noch meinen Alten und der würde nicht mal mitbekommen, dass ich da bin, selbst wenn ich direkt neben ihm sitze.«

»Oh ... Das tut mir leid.«

»Muss es nicht, ich kenn's nicht anders. Bin froh, dass ich hier arbeiten darf.«

»Wie gut kanntest du Melanie?«, wagte sich Grace einen Schritt nach vorne.

75

»Hm, so wie wohl fast jeder hier.«

»Soll heißen?«, bohrte Grace nach.

»Nichts Besonderes. Sie war halt da. Hat immer mal wieder die Kerle angemacht.«

»Dich auch?«

»Ja, mich auch. Ist das schlimm?«

Grace spürte, dass Jack aggressiv wurde.

»Nein, natürlich ist das nicht schlimm. Ihr seid jung, da gehört so was dazu. Wart ihr beide denn ... zusammen?«

»Quatsch.« Jack hob die Schubkarre an. »Ich popp doch nicht mit ner Vierzehnjährigen. Da müssen Sie schon die anderen fragen.«

»Welche anderen?«

»Na, die anderen eben. Möchte gar nicht wissen, für wen sie alles die Beine breitgemacht hat.« Er ließ Grace einfach stehen und schob die Schubkarre in den Stall.

Sie war verwirrt. Die Arbeiter sagten aus, sie hätten mit Melanie nichts zu tun gehabt, doch Jack behauptete das Gegenteil. Sicher, wenn die Männer zugeben würden, dass sie eine sexuelle Beziehung zu dem Mädchen gehabt hatten, würden sie sich selbst einer Straftat bezichtigen. Aber was stimmte denn nun? Die Befragungen ergaben nicht das gewünschte Ergebnis, sie musste es anders versuchen.

Grace vergewisserte sich, dass sie nicht gesehen wurde und lief ohne Umschweife zu den Hütten. Als

Erstes wollte sie sich in der Unterkunft von Melanie umsehen, vielleicht fand sie irgendeinen Anhaltspunkt, den die Polizei übersehen hatte. Bevor sie die Türe öffnete, blickte sie noch einmal über die Schulter, um sicherzugehen, dass niemand sie sah. Dann schlüpfte sie in die Hütte und wurde direkt in ihre eigene Teenagerzeit katapultiert. Dies war offensichtlich ein Mädchenzimmer, daran gab es keine Zweifel. Die Wände der kleinen Behausung, die sich Melanie mit Ashley teilte, waren zugepflastert mit Poster von Boy Band Stars, die Grace nicht mal ansatzweise kannte. Während das eine Bett unberührt und ordentlich aussah, lagen auf dem anderen Stifte, ein Block und bunte Socken.

Schnell hatte Grace herausgefunden, welche Schränke Melanie gehörten, denn an den Schubladen und Türen waren Namensschilder angebracht. Sie blätterte durch etliche Ordner und Kladden, die auf einem Schreibtisch lagen. Melanie war eine recht gute Schülerin, soweit Grace das beurteilen konnte. Ihre Handschrift war sehr ordentlich und beneidenswert akkurat. Auch in ihrem Kleiderschrank herrschte Ordnung. Alles war fein säuberlich gefaltet, sodass Grace Mühe hatte, bei ihrer Durchsuchung nicht zu auffällig vorzugehen. Leider wurde sie nicht fündig. Weder im Kleiderschrank, noch im Schreibtisch gab es irgendwelche Hinweise, die sie irgendwie weiterbrachten. In nur wenigen Minuten hatte sie alles gesehen, was es zu sehen gab, also verließ sie die Hütte wieder und ging zur nächsten.

Grace hatte sich in drei Hütten umgesehen, als sie plötzlich von Jenny überrascht wurde.

Verdammter Mist! Sie fühlte sich ertappt und überlegte, wie sie die Situation retten konnte. Jenny starrte sie wortlos an, die blauen Augen skeptisch verengt, darauf wartend, dass Grace ihr eine Erklärung lieferte, warum sie aus Jacks Hütte gekommen war.

»Ich ... ähm ... habe Jack ein Buch gebracht, welches ihn interessierte. Wir unterhielten uns vorhin darüber.« So was Lahmes! Natürlich würde Jenny die Lüge früher oder später durchschauen. Vermutlich früher, aber jetzt war es nicht mehr zu ändern.

»Jack liest?«, fragte sie knapp. »Das wäre mir neu. Wenn Sie zu viel Langeweile haben, Miss Lewis, wird sich sicherlich eine Aufgabe finden, die Sie auslastet.«

Grace errötete. Etwas, das ihr seit der Schulzeit nicht passiert war. Trotz ihres jungen Alters wies Jenny eine gewisse Dominanz auf. Sie war kein zartes Püppchen, sondern eine Frau, die wusste, was sie wollte. Das beeindruckte Grace. Sie war genauso gewesen. Zielstrebig und mit beiden Beinen fest im Leben.

»Okay, das war gelogen«, gab sie zu. Jenny hatte die Wahrheit verdient, zumindest einen Bruchteil davon. »Ich weiß überhaupt nicht, was auf mich zukommt und wollte meine Schüler einfach etwas besser kennenlernen. Nach diesem schrecklichen Vorfall möchte ich auf alles vorbereitet sein.«

»Jack ist keiner Ihrer Schüler«, gab Jenny zurück. »Und die anderen können Sie heute Abend kennenlernen. Wir legen hier sehr viel Wert auf Vertrauen, Miss Lewis. In anderer Leute Sachen herumzuschnüffeln gehört nicht dazu, okay? Wir schließen keine Türen ab, weil wir es nicht nötig haben, also belassen Sie es dabei!«

Sie machte auf dem Absatz kehrt und lief mit langen Schritten zu ihrer eigenen Hütte. Grace spürte, dass sie Jenny gegen sich aufgebracht hatte und wollte die Wogen glätten. Sie war noch keine achtundvierzig Stunden hier und war schon mit Anlauf in mehrere Fettnäpfchen gesprungen.

*Deine Sozialkompetenz ist für den Arsch, Grace,* dachte sie und folgte Jenny.

»Warten Sie«, rief sie.

Langsam drehte Jenny sich um und verdrehte entnervt die Augen.

»Habe ich Sie irgendwie beleidigt? Heute Morgen hatten wir uns so nett unterhalten und dann ...«

»Nett unterhalten?« Jenny lachte spöttisch auf. »Da wo Sie herkommen, gehört es wohl zum guten Ton, jemanden als Hillbilly zu beleidigen.«

»Das habe ich in keiner Weise getan«, rechtfertigte sich Grace.

»Ach nein? Sie sagten, ich würde in Gummistiefeln und Latzhose herumlaufen. Ich bin in Ihren Augen doch nichts weiter als ein naives Landei. Ein Dorftrottel.« Jennys Brustkorb hob und senkte sich, als sei sie kurzatmig. Grace merkte, dass ihr Gegenüber damit kämpfte, die Fassung zu bewahren, was sie irritierte.

»Sollte ich so etwas in der Richtung gesagt haben, tut es mir leid, Miss Porter. Ich denke nichts dergleichen über Sie. Entschuldigen Sie mich jetzt bitte, ich möchte mich für den Abend frischmachen.« Sie nickte Jenny zu und machte sich schnellstmöglich aus dem Staub. Sie brauchte Verbündetete und versagte bereits am ersten Tag auf ganzer Linie.

# Kapitel 7

Zum Duschen hatte sich Jenny eine Plastiktüte um die verletzte Hand gewickelt, was die ganze Sache nicht unbedingt erleichterte. Hinzu kam, dass sie eine Stinkwut im Bauch hatte. Diese Grace Lewis ... Jenny spürte, wie ihr Tränen übers Gesicht liefen, die sich mit dem warmen Wasser der Dusche vermischten. Warum regte es sie so auf, was diese Frau über sie dachte? Sie reagierte völlig über! Überhaupt war ihr das ganze Gehabe sehr suspekt. Warum schnüffelte sie bei den Jugendlichen in den Hütten herum? War sie etwa auch hier gewesen? Irgendwas stimmte ganz und gar nicht mit Miss Lewis, das konnte Jenny förmlich riechen!

Der Abend war herrlich. Es hatte sich etwas abgekühlt, sodass Jenny erstmals an diesem Tag ein Gefühl von Frische hatte. Mit einem Bier in der Hand stand sie im Garten des Haupthauses und unterhielt sich mit Bobby, die am Grill stand und Burger wendete. Die Teenies waren alle wieder da, doch die Stimmung war etwas gedrückt. So war es fast jede Woche, wenn sie ihre Familien wieder verlassen mussten und seit Melanies Verschwinden, wollte die Anspannung gar nicht mehr weichen. Noch immer gab es keine neuen Erkenntnisse und auch wenn es niemand aussprach, vermutete Jenny, die Hoffnung schwand, Melanie je lebend wiederzusehen. Eve war täglich bemüht, sich nichts anmerken zu lassen, schon allein deswegen, um die Kids nicht zu beunruhigen. Aber Jenny wusste, dass es ihr mit jedem Tag schlechter ging. Sie machte sich schreckliche Vorwürfe und wenn nicht bald ein Wunder geschah, würde Eve vermutlich in eine Depression rutschen. Auch Bobby ging das alles sehr nah, doch sie machte solche Dinge mit sich selber aus. Es war schwer, zu sagen, was sie wirklich fühlte. Darin waren sie und Jenny sich ähnlich, auch wenn sie hier jederzeit jemanden hätten, mit dem sie über ihre Probleme reden konnten.

Gerade, als sich Jenny Amy und Edwina widmete, erschien Grace im Garten und wirkte so deplatziert, dass Jenny am liebsten gelacht hätte. Schwarze Bundfaltenhose, schwarzes Poloshirt, dazu weiße Sneakers. Ihre Blicke trafen sich kurz und Jenny fuhr es durch Mark und Bein. Diese grauen, stechenden Augen schienen ihr bis in die Seele zu schauen. Sie fand Grace auf eine Art gruselig, wenngleich sie eine sehr attraktive Frau war. Die kurzen schwarzen Haare, mit dem etwas längeren Deckhaar ließen ihre Augen noch eine Spur kälter aussehen. Ihr ganzes Auftreten wirkte ... steif und unnahbar. Nicht unbedingt das, was sich Jenny unter einer Lehrerin vorstellte.

Grace wirkte verloren. Niemand beachtete sie. Sie

stand einfach nur da, beobachtete das Geschehen und verzog dabei keine Miene. Jenny flüsterte Eddy etwas ins Ohr, woraufhin die Kleine zu grinsen begann und heftig nickte. Dann rannte sie zu Grace, stellte sich vor sie und grinste weiter wie ein zahnloses Honigkuchenpferd.

»Hallo«, piepste sie. »Weißt du noch, wer ich bin?«

»Aber sicher. Hoffentlich sind deine Hände sauber und kleben nicht mehr so wie beim letzten Mal. Das war etwas ekelig.«

Jenny, die den Wortwechsel gehört hatte, verengte ärgerlich die Augen. Lehrerin? Am Arsch!

»Nein, ganz sauber, siehst du?«, hörte sie Eddy sagen und sah, wie die Kleine ihre Hände in die Höhe hielt. »Willst du Eistee? Hat meine Mom selbst gemacht.«

Tatsächlich huschte so etwas wie ein Lächeln über Miss Lewis`Gesicht, was sie spontan zugänglicher wirken ließ.

»Klar, warum nicht?«

Eddy rannte mit wippenden Löckchen davon und kam blitzschnell mit einem großen Glas Eistee zurück. Unterdessen hatte auch Eve das Auftauchen der neuen Lehrerin bemerkt und begrüßte sie lächelnd.

Jenny war bemüht gewesen, sich in Graces Nähe aufzuhalten, um möglichst viel von den Gesprächen mitzubekommen, die sie mit den Schülern und Eve und Bobby führte. Ja, sie war neugierig und nein, sie schämte sich nicht, dass sie lauschte. Je mehr sie Grace beobachtete, desto größer wurde ihre Abneigung gegen sie. Warum Edwina so angetan von dieser Frau war, blieb Jenny ein Rätsel. Grace zeigte sich auch weiterhin kühl und distanziert, verzog jedoch fast schon angewidert das Gesicht, als sie die anderen beim Essen beäugte. Wenigstens war es eine Regung in ihrer sonst so eingemeißelten Visage. Sie selber aß nur wenig, dafür aber schnell und mit System, als sei sie in Eile. Kostverächter konnte Jenny schon mal gar nicht leiden! Sie selber liebte es, zu essen, und meist aß sie immer noch, wenn schon alle anderen satt und zufrieden waren. Warum auch nicht? Sie nahm sowieso nicht zu. Irgendwas war mit ihrem Stoffwechsel nicht in Ordnung, wie ihr mal ein Arzt bescheinigte, doch das störte sie nicht weiter. Besser so als anders herum.

»Bist du gesättigt, oder darf es noch was sein?«, fragte Bobby spöttisch, als sie die Teller abräumte.

»Danke, alles gut.« Jenny grinste und klopfte sich gegen den Bauch. »Du kannst aber ein Steak für mich stehenlassen, das esse ich morgen Früh.«

»Du bist einfach unfassbar.« Bobby schmunzelte und wandte sich an Grace. »Beneidenswert, oder? Sie frisst wie eine ganze Herde Bullen und nimmt kein Gramm zu.«

»Ich vermute, es ist etwas Krankhaftes«, gab Grace knochentrocken zurück.

Jenny und Bobby wechselten einen Blick, verdrehten gleichzeitig die Augen und lächelten dann milde. Eine Antwort ersparten sie sich, Grace Lewis besaß den Humor eines Zaunpfahles.

In der Nacht konnte Jenny kaum schlafen, obwohl sie erschöpft und hundemüde war. Doch jedes Mal wenn sie einnickte, tauchten Graces graue Augen vor ihr auf. Dieser stetig stechende, fragende Blick. Als würde sie alles und jeden durchleuchten. Ihre ganze Haltung war reserviert, fast schon unterkühlt. Jenny fragte sich, was einen Menschen dazu brachte, sich derart zurückzuziehen, obwohl man mit offenen Armen empfangen wurde. Doch sie hatte auch einen anderen Blick auf Grace erhaschen können. Zusammen mit Amy und Eddy hatte Jenny auf der Wiese gesessen und Blumenkränze geflochten, die sie sich auf die Köpfe legten. Eddy flocht zusätzlich einen für Grace, den sie ihr stolz überreichte. Jenny hatte sie beobachtet. Wie sie mit sich haderte, das Mädchen anschaute und offensichtlich überlegte, die Blumen einfach abzulehnen. Doch sie beugte sich zu Eddy hinunter und ließ sich den Kranz aufsetzen. Ein »Danke« war von ihren Lippen abzulesen und tatsächlich lächelte sie und strich über Eddys Wange. In diesem Moment war sie eine völlig andere Person.

Die grauen Augen wirkten nicht mehr kalt und abweisend, sondern fast wehmütig, aber auch glücklich. Das Lächeln entspannte ihre eingemeißelten Gesichtszüge und Jenny musste sich eingestehen, dass Grace Lewis eine verdammt schöne Frau war. Jedoch änderte sich ihre Miene augenblicklich, als sie merkte, dass sie beobachtet wurde. Sie nahm den Blumenkranz ab, strich sich durchs Haar und der Zauber war verflogen. Jenny wurde einfach nicht schlau aus ihr und ärgerte sich, dass sie sich wegen Grace die Nacht um die Ohren schlug. Sie brauchte den Schlaf, aber der ließ auf sich warten. Schlechtgelaunt, übermüdet und mit höllischen Rückenschmerzen, schlurfte Jenny am nächsten Morgen ins Haupthaus. Nach einem kurzen, dahingenuschelten Gruß, goss sie sich Kaffee ein und pflanzte sich mit schmerzverzerrtem Gesicht an den Tisch.

»Hier ist der Plan für heute.« Bobby legte ihr ein Blatt Papier vor die Nase. »Ich bin heute den ganzen Tag in der Stadt beschäftigt, Eve möchte Miss Lewis an ihrem ersten Schultag etwas über die Schulter sehen und danach fährt sie in die Praxis. Die drei verkauften Bullen werden heute geholt, sie müssen bis spätestens neun Uhr verladen sein. Keith ist noch nicht aufgetaucht, nehme an, er ist in irgendeinem Pub versackt. Es kann also sein, dass du das alleine machen musst.«

»Kein Problem«, sagte Jenny leise. Irgendwie war ihr plötzlich zum Heulen zumute. Bobby hatte nicht mal gemerkt, dass sie Schmerzen hatte. Im Grunde war das sowieso egal, irgendwer musste die Arbeit machen. Vielleicht sollte sie ausnahmsweise doch ein Schmerzmittel nehmen? Seit ihrer Drogenvergangenheit mied Jenny jegliche Art von Tabletten, doch wenn sie nichts unternahm, brachten die Schmerzen sie noch um den Verstand. Sie erhob sich, goss ihre Tasse noch mal voll und ging ins Freie. Der Kaffee reichte ihr heute vollkommen, Hunger hatte sie keinen. Sie würde warten, bis Bobby und Eve das Haus verlassen hatten, um sich die Schmerzmittel zu besorgen. Sie wollte nicht, dass die beiden es mitbekamen und sich womöglich Sorgen machten, sie könne rückfällig geworden sein. Als die Arbeiter auf dem Hof erschienen, teilte Jenny die Aufgaben ein. Wie zu erwarten, würde sie die drei Bullen alleine von der Weide holen müssen. Sie seufzte, doch leider war daran nichts zu ändern.

»Ich beeile mich, Boss«, sagte Dix. »Wenn ich rechtzeitig fertig werde, kann ich dir helfen.«

»Schon okay.« Jenny winkte ab.

Aus dem Haus drang Lärm an ihr Ohr - die beiden Monster waren auf den Beinen und sorgten schon zu dieser unchristlichen Zeit für Radau. Das konnte sie jetzt echt nicht gebrauchen. Eilig trank Jenny ihren Kaffee aus, sattelte ihre Stute und ritt auf die Weiden.

Sie hatte gerade damit begonnen, Bullen Nummer eins in den bereitgestellten Hänger zu verfrachten, als sie Grace sah, die außerhalb der Weide joggte. Unter der hautengen Leggins, die ihre Beine umschmeichelte, waren beachtliche Muskeln zu erkennen. Okay, sie unterrichtete unter anderem Sport, aber als Geschichtslehrerin ging sie nie und nimmer durch. Als sie Jenny erspähte, kam Grace schnurstracks auf sie zu gelaufen. Die Frau war nicht mal außer Atmen, wie Jenny feststellte.

»Guten Morgen«, wurde sie unerwartet freundlich begrüßt. »Wie geht es Ihrer Hand?« Grace deutete auf den Verband, den Jenny immer noch trug.

»Besser. Was machen Sie schon so früh auf den Beinen?«

»Ich laufe jeden Morgen ein paar Runden, um wachzuwerden.«

»Aha«, machte Jenny und drehte sich um. Als sie sich bückte, um ein Seil aufzuheben, fasste sie sich instinktiv an den Rücken, weil ein stechender Schmerz sie durchzuckte.

»Sie sollten dagegen etwas unternehmen«, meinte Grace. »Mir ist gestern schon aufgefallen, dass Sie Schmerzen haben.«

»Es geht schon. Ich nehme gleich eine Tablette.«

»Tabletten helfen nicht gegen das eigentliche Problem, Miss Porter.«

Jenny wirbelte herum und funkelte Grace an. Auf

kluge Sprüche konnte sie gut und gerne verzichten. Warum verzog sie sich nicht endlich?

»Haben Sie zehn Minuten Zeit?«, fragte Grace ruhig, als würde sie spüren, dass Jenny kurz vor einer Explosion stand.

»Wofür?«

»Um mir Ihren Rücken anzusehen.«

»Bitte was?«

»Sie haben sich offensichtlich einen Nerv eingeklemmt und ich kann Ihnen helfen. Also setzen Sie sich.« Das klang wie ein Befehl, dem Jenny zögerlich gehorchte.

Grace trat an sie heran und massierte mit festem Griff zunächst Jennys Schultern. Mit so festem Griff, dass es Jenny die Tränen in die Augen trieb. Dann tastete Grace sich weiter in Richtung Halswirbelsäule, umfasste Jennys Kopf und bevor diese wusste, was geschah, war ein Knacken zu hören.

»Nummer eins«, sagte Grace.

Sie massierte Jenny weiter und renkte zwei weitere Wirbel ein. »Das sollte fürs Erste helfen.«

Jenny erhob sich. Der Schmerz war verschwunden.

»Wow, danke. Woher können Sie so was?«

»Das habe ich bei der ...« Grace stockte. »Das habe ich mal aufgeschnappt. Nach Feierabend kann ich Ihnen ein paar Übungen zeigen, damit Sie Ihren Rücken entlasten.« Ohne ein weiteres Wort joggte sie zurück und ließ Jenny verwundert stehen.

## Kapitel 8

»Kann mir jemand sagen, wie lange die amerikanische Revolution dauerte?« Grace saß mit überschlagenen Beinen auf einem Tisch vor den Jugendlichen und schaute in deren gelangweilte Gesichter.

»Kommt schon, Leute. Das war eines der wichtigsten Ereignisse in unserem Land.«

»1763?«, piepste Ashley.

»Ist das eine Frage oder eine Antwort?«

»Eine Antwort.« Ashley zog eingeschüchtert den Kopf ein.

»Richtig, zu diesem Zeitpunkt hat sie begonnen. Aber wann und mit welchem Ereignis endete sie?«

Die Schüler tauschten ratlose Blicke aus.

»Das ist doch nicht euer Ernst, oder?« Grace schlug ungehalten mit der Hand auf den Tisch, auf dem sie saß. »Wenn ich euch jetzt frage, wie unser erster Präsident hieß, glotzt ihr dann auch wie ein paar dumme Rinder aus der Wäsche?«

»Wash ... Washington?« Ashleys Stimme war nicht mehr als ein Flüstern. »Oh, da hat schon mal jemand was von Washington gehört. Bravo, Ashley.« Grace seufzte. »Am besten schlagt ihr eure Bücher auf und lest euch die Geschichte der Revolution durch. Wisst ihr Leute, der 4. Juli ist mehr als ein nettes Feuerwerk und eine Parade. Also los, ran an die Bücher.«

Wieder einmal schwor sie Hank Rache, dass er sie in so eine Lage gebracht hatte. Während die Kids lasen, tippte Grace die neusten Infos in ihr Handy. Viel war es nicht, was sie Ribera mitteilen konnte. Um genau zu sein: Sie hatte gar nichts! Während sie die SMS verfasste, schweiften ihre Gedanken zu Jenny ab. Da war etwas an ihr, was Grace zutiefst berührte, auch wenn sie sich dafür am liebsten selbst gegeißelt hätte. Ihrer Meinung nach wurde Jennys Talent und ihr Arbeitseinsatz nicht ausreichend gewürdigt.

Sie wusste selbst nicht, was sie am Morgen dazu bewogen hatte, eine Massage anzubieten. Es war ganz spontan über sie gekommen, obwohl Grace so etwas noch nie im Leben getan hatte. Aber Jennys Nähe löste etwas in ihr aus, sie konnte es nur noch nicht benennen. Doch nicht nur das. Die kleine Edwina ... Grace gab es nicht gerne zu, doch sie fing an, das vorwitzige Mädchen ins Herz zu schließen. Dieser Ort ... die Menschen hier, machten etwas mit ihr. Sie gingen ihr ans Herz, eine Tatsache, mit der Grace nicht umgehen konnte.

Sie selbst war nicht so aufgewachsen. Ihr Vater, ein angesehener FBI Agent, war nicht unbedingt in seiner Rolle als Vater aufgegangen. Er war stets distanziert zu ihr gewesen, liebte seine Arbeit mehr als seine Familie und dennoch war er zeitlebens ihr Vorbild. Wenn sie heute darüber nachdachte, musste sie sich eingestehen, dass sie genauso geworden war wie er.

Selbst ihre Mutter war kein Teil ihrer Gefühlswelt. Sie war kein Mensch, den Grace in ihre Geheimnisse einweihte, den sie an ihrem Leben teilhaben ließ. Auch Freundschaften konnte Grace nicht verzeichnen. Gut, Hank war ihr Freund, aber auch er wusste nur ein Bruchteil von ihr. Im Grunde war sie völlig alleine.

»Mach dir keinen Stress, Gracie«, sagte Hank, als sie nach dem Unterricht telefonierten. »Du bist erst zwei Tage dort, du wirst schon noch was finden.«

»Ich hoffe.« Sie seufzte. »Ich fühle mich, als wäre ich bei der Brady-Family gefangen.«

»Du weißt doch: Hinter jeder leuchtenden und noch so schönen Fassade verbergen sich oft die schlimmsten Geheimnisse. Such weiter, Gracie. Irgendwer muss da mit drinstecken!«

Sie drückte das Gespräch weg und ließ das Handy auf ihr Bett fallen. Es war verdammt schwer, die Tarnung aufrechtzuerhalten und gleichzeitig Befragungen durchzuführen. Grace nahm ihr Notizbuch zur Hand und kritzelte etwas hinein.

*Doktor Eve Dearing - ausgeschlossen!*

*Bobby Hale - ausgeschlossen!*

*Jenny Porter - ausgeschlossen!*

*Jack Brown - weiß mehr, als er sagt. Eventuell sexuelle Beziehung zum Opfer?*

*Arnold »Dix« Dickson - gibt an, am Tatabend nicht anwesend gewesen zu sein.*

*Joshua Carter - Lehrer, Befragung folgt.*

Grace klickte die Miene des Kugelschreibers ein paar Mal rein und raus. Sie musste die anderen Hütten durchsuchen. Sie brauchte endlich Informationen!

Die Arbeiter waren noch beschäftigt, es war also die Gelegenheit, es jetzt zu versuchen. Grace steckte ihr Handy in die Hosentasche und trat ins Freie. Weit und breit war niemand zu sehen, also huschte sie in die nächstgelegene offene Hütte und sah sich um. Leider gab es keinen Hinweis darauf, wer hier wohnte, doch etwas Verdächtiges fand sie nicht. Dasselbe in der nächsten Hütte und in der übernächsten. Blieben nur noch die von Jenny, Archie und Beth und Joshua Carter. Erstere schloss sie aus, aber Carters Habseligkeiten interessierten sie. Verblüfft musste Grace jedoch feststellen, dass seine Hütte als Einzige verschlossen war.

Graces Spürsinn war geweckt. Natürlich hatte jeder das Recht auf Privatsphäre, aber war es nicht seltsam, dass ausgerechnet die Türe des, ach so locker erscheinenden Lehrers abgeschlossen war? Hatte er etwas zu verbergen? Gut, auch sie hatte abgeschlossen, aber sie hatte ja auch definitiv etwas zu verbergen. Ihre Waffe zum Beispiel und die Dienstmarke. Und just in dem Moment, als Grace auf ihre Hütte zulief, war sie froh, dass die Türe verschlossen war.

»Kann ich Ihnen helfen?«, sprach sie Jenny laut an, die durch ein Fenster ins Innere spähte.

»Die Massage«, gab Jenny zurück. »Sie hatten mir eine Massage versprochen.«

»Richtig.« Grace lächelte hölzern. »Lassen Sie uns in Ihre Hütte gehen.«

»Und jetzt?«, wollte Jenny wissen, als sie in ihrer bescheidenen Behausung standen. Sie nahm ihren Hut vom Kopf und warf ihn achtlos auf den Tisch. Fast gleichzeitig fischte sie nach ihrer Nachtbekleidung, die zusammengeknüllt auf dem Bett lag, und stopfte sie in den Schrank. »Es ist morgens immer viel zu wenig Zeit.« Jenny grinste entschuldigend.

Grace sah sich beiläufig um. Jenny lebte schon jahrelang hier, doch wirklich persönlich wirkte der Raum nicht. Es war doch ihr Zuhause.

»Ziehen Sie das Oberteil aus und legen sich hin«, wies sie die Jüngere an, woraufhin Jenny rot wurde.

»Ich hätte vorher vielleicht besser duschen sollen.« Sie war verlegen.

»Alles gut. Das können Sie danach machen, wenn die Muskeln schön locker sind.«

Zögerlich schlüpfte Jenny aus ihren Stiefeln, zog sich das T-Shirt aus und legte sich aufs Bett. Grace spürte, wie unangenehm ihr das war, dabei hätte sie Jenny nicht für unbedingt prüde gehalten.

»Entspannen Sie sich.« Sie beugte sich hinunter und begann, die Schultern zu massieren. Dabei erhöhte sie nach und nach den Druck. Jenny verkrampfte. »Es wird gleich besser«, versprach sie. »Bleiben Sie locker.«

Jennys Haut war weich, warm und strömte einen angenehm würzigen Duft aus. Eine Mischung aus Arbeit, Pferd und Natur. Ein leichter Schweißfilm überzog den gebräunten Rücken und bei jeder Berührung, stellten sich die feinen Härchen an ihren Armen auf. Es fühlte sich gut an, wie ihre Hände jeden Zentimeter ertasteten.

»Wie lange ist Joshua Carter hier schon beschäftigt?«, fragte Grace beiläufig.

»Hm, noch nicht so lange. Ein Jahr vielleicht.«

»Was wissen Sie über ihn?«

»Nicht viel, eigentlich kenn ich ihn kaum. Wieso?« Jenny warf ihr über die Schulter ein Grinsen zu. »Sind Sie an ihm interessiert?«

»Was? Um Himmels willen, nein! Reine Neugierde. Ich möchte einfach nur die Menschen hier besser kennenlernen.«

»Schon klar.«

Grace konnte Jennys Schmunzeln förmlich hören. Sie verstärkte den Druck, bis Jenny vor Schmerz quietschte.

»Entschuldigung.« Jetzt grinste sie. »Erzählen Sie etwas von sich.«

»Das habe ich bereits.« Jenny entspannte sich wieder. »Sie sind an der Reihe, Miss Lewis. Wie kann ich mir Ihr Leben in Houston vorstellen? Leben Ihre Eltern noch? Haben Sie Geschwister? Hund, Katze, Maus, Mann?«

Grace verstärkte wieder den Druck, diesmal aber eher ungewollt. Sie merkte es erst, als Jennys scharf die Luft einsog. Wie aus Reflex strich sie über die schmerzende Stelle. Es fühlte sich gut an! Richtig gut sogar. »Mein Leben ist nicht mehr in Houston«, antwortete sie reserviert und massierte mechanisch weiter. »Mein Vater starb vor einigen Jahren, ich bin ein Einzelkind und habe weder Haustiere noch menschlichen Anhang.«

»Menschlichen Anhang?« Jenny kicherte. »Sie sind wirklich besonders, Miss Lewis, wissen Sie das?«

»Was meinen Sie mit besonders?«

»Na ja ... ohne Ihnen nahe treten zu wollen ... ich werde aus Ihnen einfach nicht schlau.«Jenny setzte sich auf. Grace zwinkerte ein paar Mal unmerklich und versuchte, sich auf Jennys Gesicht zu konzentrieren und nicht auf ihren halbnackten Körper. Verdammt!

»Sie machen den Eindruck, als wäre Ihnen hier alles scheißegal. Wissen Sie, dass Ashley heute nach dem Unterricht geweint hat? Seien Sie nicht so streng mit ihnen, Miss Lewis. Diese Kids haben zum Teil Schlimmes erlebt, sie brauchen eine Vertrauens-person, keinen Ausbilder von der Army.«

»Bitte?« Grace schluckte. Wusste Jenny etwa, dass sie bei der Army gewesen war?

»Na ja, Sie wissen schon. So einen Drillsergeant oder wie man das nennt.«

Graces Mundwinkel zuckten amüsiert. Jenny hatte eine kindliche Naivität an sich und war sich dessen wahrscheinlich nicht mal bewusst. Doch sie war kein Kind mehr. Ganz und gar nicht. Bevor Grace antwortete, ließ sie einen schnellen Blick über Jennys dürftig bekleideten Oberkörper schweifen.

Das hervorstehende Schlüsselbein, die gebräunte Haut. Die kleinen Brüste, die ganz ihrem Alter entsprechend, knackig und rund in einen schwarzen Bustier eingepackt waren. Der extrem flache Bauch, der sich hob und senkte ... Als Grace wieder aufsah, trafen sich ihre Blicke. Sie hatte es gemerkt! *Natürlich hat sie das, du Hohlkopf,* schalt Grace sich.

»Ich werde nicht mehr ganz so hart mit den Kids umgehen«, versprach Grace leise und erhob sich.

»Haben Sie Lust, später etwas mit mir zu trinken?«, fragte Jenny unvermittelt, bevor Grace das Weite suchen konnte. »Ich muss nur duschen und dann können wir uns vielleicht auf die Veranda setzen und zusammen essen.«

Graces Gehirn arbeitete fieberhaft. Es konnte nicht schaden, noch etwas mehr über die Bewohner von Bird Creek in Erfahrung zu bringen. Andrerseits ließ Jenny sie nicht kalt und dieser peinliche Vorfall von eben sollte sich unter keinen Umständen wiederholen.

»Okay«, hörte sie sich sagen, noch bevor sie den Gedanken zu Ende gedacht hatte. »Genießen Sie die heiße Dusche.«

Und während sie die Türe hinter sich schloss, stellte sie sich eine nackte Jenny dabei vor, wie sie ihren schlanken Körper einseifte.

In ihrer Hütte ließ sich Grace quer aufs Bett fallen und schloss einen Moment die Augen. Hatte sie gleich ein Date mit Jenny? Nein! Kein Date! Sie brauchte Verbündete, jemanden, der sich hier auskannte, der ihr Geheimnisse verriet. Hank hatte recht: Jeder hatte irgendein Geheimnis und Grace brannte darauf zu erfahren, welche sich auf dieser Ranch versteckten. Fand sie Jenny attraktiv? Natürlich! Sie war schließlich nicht mit Blindheit geschlagen. Außerdem war es verdammt lange her, dass ...

»Du spinnst doch«, murmelte sie. »Sie ist viel zu jung und du einfach nur notgeil! Und Selbstgespräche machen die Sache auch nicht besser!« Grace rappelte sich auf, suchte frische Sachen aus dem Schrank und ging ebenfalls duschen. Seit sie hier war, hatte sie ständig das Gefühl, sie würde stinken. Mit den ganzen Gerüchen, die eine Rinderranch so mit sich brachte, konnte sie sich einfach nicht anfreunden.

# Kapitel 9

»Danke, Beth.« Jenny drückte der Haushälterin einen Kuss auf die Wange, winkte Bobby und Eve zu und lief mit einem Korb voller Leckereien zurück zu ihrer Hütte. Beth hatte kalten Braten, Salat, frittierte Zucchini und warme Brötchen eingepackt. Zusätzlich gab es als Nachtisch Käse, Weintrauben und Cocktailtomaten. Jennys Magen knurrte schon jetzt, obwohl sie in der Küche bereits drei große Kekse in sich hineingestopft hatte. Sie freute sich auf den Abend. Grace war gar nicht so übel, wenn man erst einmal die obere harte Schale entfernt hatte, mit der sie sich umgab, und Jenny hatte sich vorgenommen, noch etwas mehr an der Oberfläche zu kratzen. Irgendwo unter diesen Schichten aus Arroganz und Kälte musste ein weicher Kern stecken. Die Massage, auch wenn sie nicht lange gedauert hatte, war ein Segen gewesen. Sie fühlte sich frisch, erholt und die Schmerzen waren verschwunden. Heute Abend wollte sie mal nicht an die Arbeit denken, sondern einfach nur Spaß haben. Sie dachte an Graces Hände, die warm auf ihrem Rücken gelegen hatten. Das hatte sich gut angefühlt. Sehr gut sogar. Nie hätte sie gedacht, dass die kühl wirkende Frau so etwas in ihr auslösen könnte. Doch sie konnte und das verwirrte Jenny. Sie war gespannt, welche Geheimnisse sie noch aus Grace herauskitzeln konnte. Dass sie welche hatte, war so sicher wie das Amen in der Kirche. Jeder, der auf Bird Creek strandete, hatte eine Geschichte und sie wollte wissen, wie die von Grace lautete.

Sie hatte gerade den Tisch fertig gedeckt, als Grace angeschlendert kam. Wieder ganz in Schwarz und wieder mit diesem abschätzigen, kalten Blick. Jenny seufzte innerlich. Anscheinend war das so ihr Ding. Immer auf Distanz bedacht, die Mauer um sich herum bloß nicht zum Bröckeln bringen.

»Meine Güte, wer soll das denn alles essen?«

»Keine Sorge, ich esse für drei.« Jenny grinste. »Na los, setzen Sie sich. Möchten Sie ein Bier?«

Grace nickte und nahm an dem runden Bistrotisch Platz, der aus allen Nähten zu platzen schien. *Vielleicht war die Auswahl doch etwas übertrieben gewesen für einen lockeren Abend*, überlegte Jenny, doch jetzt war es zu spät. Sie reichte Grace eine eiskalte Flasche Bier und setzte sich ihr gegenüber.

»Na dann, greifen Sie zu.«

Grace trank verhalten einen Schluck, ehe sie sich eine kleine Portion auf ihren Teller füllte. Jenny tat es ihr gleich, doch langte sie richtig zu und erntete einen amüsierten Blick von Grace.

»Wie gehts dem Rücken?«

»Bestens«, schmatzte Jenny. Sie hatte bereits den Mund voll. »Sie haben magische Hände.«

»Danke, das hat auch noch niemand gesagt.«

»Ja, wirklich. Sollten Sie mal keine Lust mehr haben, als Lehrerin zu arbeiten, wäre das genau der passende Beruf für Sie.«

Graces Blick schweifte in die Ferne und sie nickte Carter zu, der soeben den Weg zu seiner Hütte lief.

»Was sagten Sie, woher er kommt?«, fragte sie Jenny.

»Tulsa. Hat seinen Job an einer staatlichen Schule verloren. Ich glaube, wegen Alkohol, aber genau weiß ich es nicht.«

»Und dann darf er hier unterrichten?«

»Er ist trocken«, gab Jenny zurück. »Eve vertritt die Philosophie, dass jeder Mensch eine zweite Chance verdient hat. Und ich sehe das genauso. Schon ihr Onkel Eddy, dem die Ranch vorher gehörte, handhabe es so. Jeder hier hat eine Vergangenheit, mich eingeschlossen.«

Graces Blick ruhte einen Moment auf Jenny, ehe sie ihren Teller beiseitestellte.

»Das ist sehr nobel. Aber haben Sie nicht manchmal Angst, sich ein faules Ei ins Nest zu holen?«

»Was meinen Sie damit?« Jenny sah sie mit großen Augen an. »Na ja, dass irgendjemand seine Vergangenheit eben nicht hinter sich lässt. Ich mache mir nur meine Gedanken, Miss Porter. Was, wenn Melanie nicht einfach nur weggelaufen ist? Wenn sie entführt wurde? Und wenn jemand, der hier arbeitet, da mit drinhängt?«

Jennys Kinnlade klappte nach unten.

»Das sind aber sehr düstere Gedanken«, sagte sie, sich den Mund abwischend. »Wir alle wären überglücklich, wenn wir wüssten, was mit Melanie geschehen ist. Aber dass jemand von hier etwas damit zu tun hat ... Nein! Es würde bedeuten ...«

»Dass sie den Leuten nur vor den Kopf gucken können«, fiel Grace ihr ins Wort. »Nennen Sie mich ruhig zynisch, aber ich finde Doktor Dearings Vertrauensseligkeit geradezu fahrlässig. Sie hat selbst zwei Kinder.«

*Amy*, schoss es Jenny durch den Kopf. *Ich würde es nicht überleben, wenn ihr etwas zustieße.* Als hätte Grace ihre Gedanken erraten, fuhr sie fort:

»Halten Sie die Augen offen, Jenny. Denken Sie an Amy und Edwina.«

Nickend nahm Jenny einen Schluck aus ihrer Flasche.

»Woher kommt Ihr Interesse an dem Fall, Miss Lewis? Warum sind Sie wirklich hier?«

Sie merkte, wie Grace zusammengezuckt war. Aha, es gab also tatsächlich etwas, was sie verheimlichte.

»Ich bin Lehrerin, ich sorge mich um meine Schüler.«

Jenny lachte leise auf und knibbelte das Etikett von der Flasche.

»Sie sind sicher vieles, Miss Lewis, aber eine Lehrerin sind Sie nicht.«

»Wie bitte?« Grace blinzelte. »Wie kommen Sie denn darauf?«

»Ich habe Sie beobachtet. Sie haben nicht das geringste für Kinder übrig. Ist doch so, oder?« Jenny zog sich einen weiteren Stuhl ran und legte die Beine darauf. Sie ließ Grace nichts aus den Augen, deswegen entging ihr auch nicht, wie sie sich verkrampfte. »Vor wem laufen Sie davon?«

Grace stutzte einen Moment, dann stieß sie die angehaltene Luft aus ihren Lungen. Fast wirkte es, als läge sie sich eine Antwort zurecht.

»Sie haben recht«, meinte sie schließlich. »Die Trennung von meinem Ex, Hank, war unschön. Ich brauchte einfach Abstand.«

»Das tut mir leid. Wenn Sie jemanden zum Reden brauchen, Sie wissen, wo Sie mich finden.«

Grace nickte und schenkte Jenny ein dankbares Lächeln. Für einen Moment schwiegen die beiden Frauen, dann fragte Grace:

»Was ist mit Ihnen, Jenny? Haben Sie jemanden?«

»Ich? Nein.« Jenny widmete sich wieder dem Etikett ihrer Flasche. Ein heikeles Thema. Verdammt heikel! »Man könnte sagen, ich lebe abstinent.«

»Aber Sie sind noch so jung. Denken Sie nicht, dass Sie Ihre besten Jahre verschwenden, wenn Sie tagein, tagaus nur Rinder hüten?«

»So ist das gar nicht«, versuchte Jenny, sich zu rechtfertigen, doch dann seufzte sie auf. »Ja, im

Grunde ist es so. Ich fühle mich hier wohl, auch wenn ich manchmal das Gefühl habe, es gibt noch mehr da draußen. Aber durch meine Vergangenheit bin ich ein gebranntes Kind. Ich habe mich wirklich unmöglich benommen, vor allem Eve und Bobby gegenüber. Früher ...« Sie lachte. »Mein früheres Ich hat mit dem von jetzt so gar keine Ähnlichkeit mehr. Irgendwann baue ich mir eine Pferdezucht auf. Ob hier oder woanders, weiß ich noch nicht. Aber das ist mein Traum. Etwas Eigenes zu besitzen.«

»Alleine?«

Jenny schaute zu Grace hinüber. Die Sonne ging bereits unter und tauchte alles in ein warmes, leuchtendes Licht. Auch Grace. Es sah beinahe so aus, als würde ein Heiligenschein ihr schwarzes Haar zieren.

»Warum nicht alleine?«, stellte Jenny eine Gegenfrage. »Ich neige dazu, Menschen wehzutun. Man sollte sich besser von mir fernhalten.«

»Das glaube ich nicht«, meinte Grace aufrichtig. »Sie sind einer der liebevollsten Menschen, die ich seit langem getroffen habe. Wie Sie mit den Kindern umgehen, ist einfach großartig. Sie opfern sich für etwas auf, was nicht Ihnen gehört und, entschuldigen Sie, wenn ich so offen bin, ich habe den Eindruck, Sie sind Eve und Bobby blind ergeben.«

»Das ist Blödsinn!« Jenny schluckte, doch harten Worte trieben ihr Tränen in die Augen.

»Es tut mir leid«, sagte Grace schnell. »Ich bin zu weit gegangen.«

»Ja, das sind Sie.« Und doch wusste Jenny, dass Grace den Nagel auf den Kopf getroffen hatte. »Möchten Sie noch ein Bier?«

»Gerne.«

Jenny stand auf und ging ins Haus. Sie hörte, wie Grace das Geschirr zusammenräumte. Ihr Herz klopfte unangenehm schnell und sie wusste nicht mal, wieso. Grace war scharfsinnig, sie hatte sie durchschaut. Die grauen Augen waren wie Laser, die sie komplett durchleuchteten und das nach der kurzen Zeit, in der Grace erst hier war. Aus ihr wäre sicher eine gute Polizistin geworden. Sie zwang sich zu einem Lächeln, schnappte sich zwei weitere Bierflaschen und trat wieder ins Freie. Grace hatte bereits den Tisch abgeräumt und alles zurück in den Korb gepackt. Nun stand sie mit verschränkten Armen an die Hauswand gelehnt und sah in den Himmel.

»Ich glaube, ich habe in meinem ganzen Leben noch nie so viele Sterne gesehen. In Houston gibt es einfach nicht so viel Sterne.«

»Wann haben Sie denn das letzte Mal in die Sterne gesehen?«, fragte Jenny amüsiert und reichte ihr eine Flasche.

»Hm, noch nie, glaube ich.« Ein wehmütiger Ausdruck erschien auf ihrem Gesicht und wieder überkam Jenny das Gefühl, dass Grace ihr etwas verschwieg.

»Wollten Sie schon immer Lehrerin werden?«

»Nein. Ich ... Ach, das ist nicht so wichtig.« Grace rang sich ein Lächeln ab und prostete Jenny zu. Dabei sahen sie sich in die Augen. Einen Moment. Eine Sekunde vielleicht, nein, es schien ewig zu dauern. Sie erforschten sich, waren gefangen, gebannt. Jenny öffnete den Mund, schloss ihn aber wieder, aus Angst, diesen Moment zu zerstören. Sie konnte Graces Gedanken förmlich hören. Wie sie in ihrem Kopf rotierten, wie sie versuchte, sich zu öffnen. Aber sie spürte auch die Barriere, die sich zwischen ihnen befand. Es gab eine Grenze, die Grace nicht gewillt war, zu überschreiten.

»Was denkst du?«, fragte Grace plötzlich leise.

»Gar nichts«, antwortete Jenny. »Ich denke gar nicht.« Nein, sie dachte nicht mehr, sondern handelte instinktiv. Sie wollte genau das tun, was sie im Begriff war zu tun. Sie machte einen Schritt auf Grace zu, wartete den Bruchteil einer Sekunde auf eine Reaktion, doch als diese ausblieb, drückte sie Grace ihre Lippen auf den Mund. Es geschah nichts. Grace schien wie versteinert, doch gerade als Jenny sich wieder von ihr lösen wollte, packte Grace sie mit dem freien Arm an der Hüfte und zog sie nah an sich heran. Wie alles an ihr, war auch ihr Kuss fordernd und dominant. Doch Jenny hatte nicht vor, dagegen anzukämpfen, im Gegenteil. Sie ließ sich mitreißen, ließ sich leiten und genoss das unsagbar gute Gefühl, das es in ihr auslöste. Es war viel zu lange her, sie hatte ganz vergessen, wie sich ein Kuss anfühlte. Grace war eine verdammt gute Küsserin. Jenny drängte sich noch näher an sie heran. Spürte den gestählten Körper, die Kraft, die in ihm wohnte. Auch wenn sie nicht sagen konnte, was da gerade zwischen ihnen abging, genoss sie es in vollen Zügen. Sie ließ das Spiel ihrer Zungen zu, nahm und gab gleichermaßen. Dieser Kuss ... er hätte ewig dauern können.

Widerwillig löste sich Grace von ihr, hielt sie aber weiterhin in ihrem Arm gefangen. Sie sprachen nicht, sondern forschten im Gesicht des anderen. Jennys Wangen waren gerötet, sie war atemlos wie nach einem Sprint. Graces Augen glühten förmlich, das grau wirkte nicht mehr abweisend. Jenny erkannte einige bersteinfarbene Sprenkel, die rund um die geweiteten Pupillen verteilt waren. Wie kleine Goldfunken, die mit den Sternen um die Wette leuchteten. Sie wagte nicht zu sprechen, sie wollte nicht den Augenblick zerstören. Sie wollte mehr! Mehr von dieser starken Frau, die sie mit eisernem Griff festhielt.

»Das war ...«

»Ja.« Jenny lächelte.

Grace ließ sie los. So unvermittelt und abrupt, dass

Jenny schwankte. In null Komma nichts hatte Grace die Barriere wieder hochgefahren.

»Ich sollte gehen«, sagte Grace leise. »Wir sollten das vergessen, okay?«

Jennys Mund fühlte sich plötzlich staubtrocken an. Was stimmte nicht mit dieser Frau? Was zum Teufel lief da falsch?

»Okay.« Sie entfernte sich, versuchte, ihre Enttäuschung zu verbergen, doch so richtig gelang ihr das nicht.

»Jenny ...«, setzte Grace an. »Es ist besser so. Ich will nicht ...«

»Was?«

»Es ist einfach besser so. Vielleicht verstehst du es irgendwann.« Damit ließ sie Jenny stehen und eilte zu ihrer Hütte.

Es war die zweite Nacht in Folge, die Jenny kaum geschlafen hatte. Sie war unfassbar enttäuscht und wütend. Besaß Grace überhaupt so etwas wie Empathie? Sie hatte es doch gespürt. Das Verlangen, den Wunsch nach Nähe. Warum sperrte sie sich so dagegen? Sie waren beide erwachsen, was war gegen ein bisschen Spaß einzuwenden? Jenny würde schon nicht auf die dumme Idee kommen, sich in diesen Eisblock zu verlieben.

Missmutig ging sie an die Arbeit. Grace stellte einfach alles auf den Kopf. Seit sie hier war, fühlte sich Jenny schlecht. Warum zweifelte sie plötzlich an dem, was sie tat? Sie liebte ihr Leben genauso, wie es war. Wer war schon Grace Lewis, dass sie sich das Recht rausnahm, ihr das schlechtzureden?

»Hey, alles gut bei dir?«

Bobby stieg von ihrem Quad und warf Jenny eine Flasche Wasser zu. »Du hast deins in der Küche stehen lassen.«

»Danke«, murmelte Jenny. »Hab schlecht geschlafen.«

»Nicht das erste Mal in diesen Tagen, hm?« Bobby schob ihren Hut in den Nacken und setzte sich auf einen Stein. »Komm, mach mal Pause. Was ist los?«

Bobbys Fürsorglichkeit machte Jenny noch wütender. War sie denn niemals ungestört? Sie sah ihre Chefin mit zusammengepressten Lippen an und musste augenblicklich lachen, weil sich Bobby eine rote Clownsnase aufgesetzt hatte.

»Du hast einen Knall, Hale. Ich bin kein Kind mehr.«

»Klappt aber immer wieder.« Bobby grinste und nahm die Nase ab. »Ist für Eddys Geburtstag. Das Kostüm wurde eben geliefert.«

»Aha.« Jenny lehnte sich an den Zaun.

»Erzählst du mir jetzt, was dich bedrückt?«

»Nichts weiter. Können wir es nicht einfach lassen, Bobby?«

»Wie du willst. Ich möchte nur nicht, dass dir noch mal so ein dummer Unfall wie mit deiner Hand passiert, nur weil du nicht bei der Sache bist.«

»Ja, ja, ich weiß. Ich bin nur mit Grace aneinandergeraten, das ist alles.«

»Oh ...« Bobby nickte. »Ich finde die Frau total gruselig. Mit der stimmt was nicht, das kann ich fühlen.«

»Wem sagst du das?«

Bobby forschte in Jennys Gesicht.

»Du bist doch nicht auf komische Ideen gekommen, oder?«

»Was? Nein!« Ertappt wurden Jennys Wangen feuerrot. »Also gut, wir haben uns geküsst und sie hat mich einfach stehen lassen. Zufrieden?«

»Oh wow... Das ist auf so vielen Ebenen verstörend. Echt jetzt? Grace Lewis? Hast du keinen Gefrierbrand bekommen?«

Jenny prustete los und schlug gegen Bobbys Hut.

»Sags keinem, okay?«

»Auch nicht Eve?«

»Schon gar nicht Eve!« Jenny ignorierte Bobbys Hundeblick. »Jetzt lass mich weiterarbeiten. Los, verschwinde!«

Bobby startete das Quad, drehte sich aber noch mal grinsend zu Jenny um.

»Wirklich sehr, sehr verstörend«, sagte sie, bevor sie davonrauschte.

Jenny versuchte in den nächsten Tagen, Grace aus dem Weg zu gehen, was nicht ganz einfach war, denn diese Frau schien überall zu sein. Des Öfteren konnte sie beobachten, wie Grace sich mit den Arbeitern unterhielt, scheinbar ziellos das Anwesen inspizierte und hin und wieder hatte sie ein Handy am Ohr und führte hitzige Diskussionen mit jemandem. Ihr ganzes Verhalten war merkwürdig, doch für Jenny hatte sich das Thema erledigt. Sie wollte nichts mehr mit Grace zu tun haben. Die ihrerseits suchte jedoch ständig Augenkontakt, sobald sie sich doch mal über den Weg liefen. Was dachte sie? Dass Jenny ihr Verhalten einfach so hinnahm? Sie war tief gekränkt über die Abfuhr gewesen, war Grace doch seit Langem die Erste, der sie sich genähert hatte.

Aber auch Grace schien die Sache nicht einfach wegzustecken. Ihr Ton den Kids gegenüber wurde noch rauer. Die sportlichen Aktivitäten, die sie im Freien absolvierten, brachten die Jugendlichen an den Rand ihrer Kräfte. Nicht selten flossen Tränen, besonders bei Ashley, die dem Druck kaum standhalten konnte.

»Die hat sie doch nicht alle«, sagte Jenny zu Bobby, als sie gemeinsam dabei zusahen, wie Grace die Kids durch einen Parkour scheuchte, den sie aus Heuballen aufgebaut hatte. »Denkt sie, hier wird für Olympia trainiert? Ihr müsst mit ihr sprechen, Bobby.«

»Ich werde mit Eve darüber reden.« Bobby sah Jenny von der Seite an. »Es wäre so ziemlich egal, was sie tut, du fändest alles Mist, oder? Sprich endlich mit ihr. Das geht doch so nicht weiter.«

»Niemals!« Jenny blieb stur, was das Thema Grace anging. »Sie soll zur Hölle fahren!«

»Weißt du«, begann Bobby, als sie Jenny half, Futtersäcke von der Ladefläche eines Trucks zu hieven, »damals, als Eve hier auftauchte, war ich genauso stur wie du. Dabei hätte ein ruhiges und vernünftiges Gespräch gereicht, um unsere Differenzen zu klären.«

Langsam drehte sich Jenny zu Bobby um.

»Echt jetzt? Eine »Damals, als ich noch jung war« Weisheit? Wie alt bist? Siebzig?«

Seufzend packte sich Bobby den nächsten Futtersack und ließ die Sache auf sich beruhen. Jenny wollte sich stur stellen und kindisch benehmen, bitteschön. Vielleicht sah sie es eines Tages ein.

Nach Feierabend begaben sich die beiden Frauen ins Haupthaus, wo Beth bereits mit dem Essen wartete. Jenny war froh, dass Freitag war und es am Wochenende etwas ruhiger wurde. Sie wollte nur noch ins Bett, sich die Decke über den Kopf ziehen und nichts und niemanden sehen.

»Jenny, bist du so lieb und nimmst den Topf für Miss Lewis mit? Dann muss ich nicht extra rauslaufen.« Beth sah sie bittend an.

»Sie soll sich was holen, wenn sie hungrig ist«, gab Jenny zurück, ohne vom Teller aufzuschauen. Sie spürte die Blicke der anderen auf sich und seufzte. »Ja, schon gut. Ich stell ihn ihr vor die Türe.« Ärgerlich legte sie die Gabel beiseite, schob den Stuhl geräuschvoll zurück und stand auf. Ihr war der Appetit vergangen.

»Gute Nacht«, sagte sie und nahm den Topf mit heißer Suppe. »Verdammte Grace«, murmelte sie beim Hinausgehen.

»Ich werde Joshua Carter morgen noch mal ganz genau unter die Lupe nehmen«, hörte Jenny Graces Stimme durch das halb geöffnete Fenster ihrer Hütte. »Ja, ich weiß, dass es sich in die Länge zieht, aber ich komm einfach nicht an die Leute ran. Die sind ein eingeschworener Verein, niemand sagt was. Ich hatte versucht, über Jenny Porter etwas herauszufinden, aber das erwies sich auch als Sackgasse. Entweder weiß sie wirklich nichts, oder sie stellt sich dumm. Was? Hank, nein. Die Frauen haben meiner Meinung nach nichts damit zu tun und ich war schon wirklich nett genug. Ich muss mich ... Hank ...« Grace stöhnte laut auf. »Ja, okay. Ich werde also Jenny Porters beste Freundin ... Die Sache ist allerdings nicht ganz einfach. Wir hatten eine kleine Meinungsverschiedenheit. Ja, Hank. Okay, weißt du was? Leck mich! Ich meine es ernst. Es ist eine Sache, den Leuten hier auf den Zahn zu fühlen, aber eine andere, ihr Vertrauen zu missbrauchen. Jenny ist noch fast ein Kind. Sie ist dumm, naiv und ...«

Sie hatte genug gehört. Wütend ließ Jenny den Topf fallen, der krachend auf dem Holzboden aufschlug und der heiße Inhalt spritzte in alle Himmelsrichtungen. Zwar hatte Jenny keinen Schimmer, worum es bei diesem Gespräch ging, es reichte, dass Grace sie für dumm hielt. Mit Tränenverschleiertem Blick lief sie hastig in ihre Hütte, bevor Grace, die ihre Türe aufgerissen hatte, sie sah. Jahrelang war sie glücklich gewesen, hatte nichts infrage gestellt und dann kam diese Frau und wirbelte alles durcheinander. Jenny hatte wirklich gedacht, der Kuss hätte Grace auch etwas bedeutet, aber sie war so abgebrüht und kalt, dass es ihr scheißegal gewesen war.

Zornig zog Jenny sich aus, schleuderte ihre schmutzige Arbeitskleidung in eine Ecke und stellte sich unter den heißen Strahl der Dusche. Sie würde nicht mehr heulen! Sie würde sich nicht verkriechen, nur weil Grace sie so tief verletzt hatte, dass es fast körperlich wehtat! Zur Hölle mit Grace Lewis!

Jenny hatte sich Bobbys Geländewagen ausgeliehen und war damit vom Hof gebraust. Sie brauchte einen Abend für sich. Sie wollte trinken, Spaß haben und tanzen. Das hatte früher auch immer gut funktioniert und mittlerweile fragte sie sich, warum sie so viel

Zeit hatte verstreichen lassen. Die nächste Kneipe war zwanzig Meilen entfernt. Eigentlich war es ein heruntergekommenes Drecksloch, doch es reichte für ihre Zwecke. Heute Abend wollte sie die Sau rauslassen!

Jenny sprang aus dem Wagen, warf noch einen Blick in den Außenspiegel, um ihren Lippenstift nachzuziehen und betrat dann die Kneipe. Einige der Gäste kannte sie. Farmer aus der Gegend, deren alkoholgeschwängerte Augen sie anglotzten, als wäre sie Frischfleisch. Aber es war auch ein Trupp junger Kerle da, die sie nicht kannte und die um den Billardtisch herumstanden. Biker, wie Jenny bemerkte, nicht zuletzt an den Harleys, die vor der Türe standen. Sie lächelte. Das versprach ein vergnüglicher und billiger Abend zu werden, wenn sie es geschickt anstellte. In früheren Zeiten hatte sie fast nie für ihre Getränke zahlen müssen, weil es immer irgendeinen Typen gab, der sie aushielt. Sie ließ ihren Blick über die Männer schweifen und hatte in Sekundenschnelle ein-zwei potentielle »Opfer« ins Auge gefasst.

»Nabend, Ron«, begrüßte sie den Wirt, dessen rote Wangen und Nase nicht verheimlichen konnten, dass er selbst sein bester Kunde war. »Wer sind die denn?« Sie nickte rüber zum Billardtisch.

»Sind auf der Durchreise. Haben sich im Motel nebenan einquartiert«, antwortete Ron. »Hab dich lang nicht gesehen, Jenny. Was gibts Neues bei euch?«

»Ach, immer dasselbe. Machst du mir ein Bier und ...« Jenny überlegte kurz, »... einen Wodka.«

»Hat man schon was von dem verschwundenen Mädchen gehört?«, fragte der Wirt, während er ein Bier zapfte.

Jenny schüttelte den Kopf und schielte über ihre Schulter. Hatte man sie schon bemerkt? So üppig war das Angebot schließlich nicht.

»Nein«, sagte sie jetzt gedehnt, nahm den Shot entgegen und kippte ihn mit einem Schluck hinunter. Sie tippte auf das Glas, um anzudeuten, dass Ron nachschenken sollte.

Der Wodka rann brennend ihre Kehle hinunter und stieg ihr augenblicklich zu Kopf. Egal, genau deswegen war sie ja hier. Auch den zweiten schüttete sie mit einem Schluck in sich hinein, nahm ihr Bierglas in die Hand und schlenderte zu der Männergruppe, die sie endlich bemerkte.

»Na, Jungs. Kann man noch einsteigen?«

Sie lächelte, schob eine Hüfte vor und lehnte sich lässig gegen den Tisch.

»Aber immer doch.«

Die Kerle feixten amüsiert und musterten sie von oben bis unten. Ihr Outfit, wenn auch schon etwas in die Jahre gekommen, verfehlte nicht das Ziel. Zu einem Tanktop mit gekreuzten Trägern am Rücken, trug sie einen ultrakurzen Rock und schwarze Cowboystiefeletten. Ihr Gesicht war stark geschminkt und die langen Haare trug sie offen. Wer sie so sah, wäre niemals auf den Gedanken gekommen, sie würde einem ehrbaren Job auf einer Rinderfarm nachgehen.

»Kannst du denn mit so einem langen Stab überhaupt umgehen?«, fragte ein Typ mit Pferdeschwanz und rückte näher an Jenny heran. Sein Atem roch nach Alkohol, sein Blick war glasig und seine Hände schienen ein Eigenleben zu entwickeln. Ungeniert tatschte er Jenny an den Po und grinste anzüglich.

»Ich kann so einiges mit langen, harten Stäben«, erwiderte sie, woraufhin das Männerudel grölte.

Sie grinste in sich hinein. Nein, sie hatte nichts verlernt.

# Kapitel 10

Grace hatte mit Hank telefoniert, als sie von draußen einen Knall hörte. Sie konnte noch soeben Jenny entdecken, die eilig in ihre Hütte rannte. Dann erst bemerkte Grace die Schweinerei vor ihrer Türe.

»Scheiße«, rief sie. »Hank, ich melde mich wieder«, sagte sie und drückte das Gespräch weg.

Jenny musste sie gehört haben, schließlich war das Fenster offen. Wie viel hatte sie mitbekommen? Und was würde sie in das Gehörte reininterpretieren? Siedendheiß fiel Grace ihr eigener letzter Satz ein. »Dumm und naiv«, hatte sie Jenny genannt. Sie lehnte kurz den Kopf an den Türrahmen und schloss die Augen. Das Chaos war wirklich perfekt! Wie sollte sie das erklären? Natürlich hielt sie Jenny nicht für dumm, ganz im Gegenteil. Doch Hank sollte nicht merken, wie es in Wahrheit um ihre Gefühle stand. Ja, sie hatte Gefühle für Jenny, auch wenn diese völlig unangebracht waren. Die vergangenen Tage hatte sie damit verbracht, alle Arbeiter noch einmal auszuhorchen, doch sie erzielte dasselbe Ergebnis wie schon beim ersten Mal. Niemand schien etwas zu wissen. Dann hatte Hank ihr mitgeteilt, dass in der Nähe ein weiteres Mädchen verschwunden war. Wieder passte sie ins Profil. Es war zum Verzweifeln. Vielleicht suchte sie am falschen Ort? Vielleicht war es überhaupt niemand von der Ranch, sondern

Melanies Verschwinden war purer Zufall gewesen? Es war nichts Graces Art, schnell aufzugeben, aber hier lag die Sache anders. Jenny geisterte Tag und Nacht in ihrem Kopf umher, der Kuss lag noch immer auf ihren Lippen. Grace wünschte sich so sehr, diesen Kuss zu wiederholen, weiterzugehen, Jenny zu sehen, wie sie sich nackt räkelte, wie sie ...

Grace schüttelte sich. Tagträume! Nachts dieselben Träume. Immer und immer wieder. Sie hatte versucht, mit Jenny zu reden, ihr zu erklären, warum sie sich so verhalten hatte. Fast war sie geneigt, ihr die Wahrheit zu beichten, doch vielleicht brachte sie damit nicht nur sich in Gefahr.

Seufzend füllte sie einen Eimer mit Wasser, nahm sich ein Spültuch und wischte die Suppe, die wirklich überall klebte, auf. Sollte sie rübergehen zu Jenny? Wäre sie überhaupt bereit zuzuhören? Noch während Grace darüber nachdachte, bemerkte sie, wie Jenny ihre Hütte verließ. Stirnrunzelnd und verwundert über Jennys Aufzug, sah Grace ihr nach, bis sie in der Dämmerung verschwunden war. Wo wollte sie so spät noch hin? Angezogen wie eine ... Das Wort Nutte kam ihr in den Sinn, doch so wollte sie Jenny nicht betiteln, auch wenn es den Nagel auf dem Kopf traf. Vielleicht war im Haupthaus etwas los. Eine Party oder so. Wo sonst sollte Jenny hingehen? Grace überlegte, ob sie nachsehen sollte. Schon alleine deswegen, weil sie mordsmäßig Hunger hatte. Die

Suppe wäre toll gewesen, leider war im Topf nicht viel übrig geblieben.

Nachdem sie einige Minuten darüber nachgedacht hatte, entschloss sich Grace, nach Jenny zu suchen. Schnell kämmte sie sich das Haar, legte etwas Lipgloss auf und marschierte, samt Topf, zum Haupthaus. Die Türe war noch geöffnet, also trat sie einfach ein.

»Hallo«, rief sie und nur Sekunden später tauchte Bobby auf.

»Miss Lewis«, meinte sie überrascht. »Brauchen Sie Hilfe?«

»Nein, nein. Es ist ... Ich wollte nur den Topf zurückbringen. Leider ist mir ein kleines Missgeschick passiert.« Sie wollte nicht erwähnen, dass Jenny offensichtlich sehr aufgebracht gewesen war. »Ich habe den Topf fallen lassen.«

»Oh. Gehen Sie einfach in die Küche und machen sich was zu essen«, antwortete Bobby.

»Danke.« Grace bewegte sich nicht und bemerkte Bobbys fragenden Gesichtsausdruck. »Wenn ich ehrlich bin ... ich suche Jenny.«

»Ist sie denn nicht in ihrer Hütte?«

»Nein, sie lief hierher, zumindest dachte ich, sie wollte zu Ihnen. Sie war, na ja, sie sah aus, als wollte sie ausgehen.«

»Jenny?« Bobby lachte. »Jenny geht nicht aus. Sie wird im Stall sein oder so.«

»In einem Minirock?«, gab Grace zu Bedenken.

»Minirock?« Bobby machte große Augen. »Jenny trägt doch keinen ... Oh nein!« Sie fuhr sich durch die Locken, drückte sich an Grace vorbei und spähte auf den Hof. »Mein Wagen ist weg«, stellte sie fest.

»Und das heißt?«, fragte Grace ungeduldig.

»Dass sie irgendwo hingefahren ist und wenn sie so angezogen ist, wie Sie sagen, heißt das nichts Gutes. Miss Lewis, ich weiß nicht, was da genau zwischen Ihnen vorgefallen ist, aber Sie scheinen mächtig Scheiße gebaut zu haben.«

»Sie hat es Ihnen erzählt, oder?« Grace senkte beschämt den Kopf.

»Ja, das hat sie. Verdammter Mist!« Bobby schlug gegen die Wand und rief damit Eve auf den Plan.

»Ich habe gerade die Kinder ins Bett gebracht, was machst du für einen Lärm, Bobby?«

»Jenny ist verschwunden. Mit dem Wagen.«

»Ja, und?« Eve sah zwischen ihrer Frau und Grace hin und her. »Könnte mich bitte mal jemand aufklären?«

»Ich habe versprochen, nichts zu erzählen«, sagte Bobby an Eve gewandt. »Aber vielleicht möchte unsere Miss Lewis ein Geständnis ablegen.«

»Ich werde sie suchen«, wich Grace aus.

»Damit Sie sie noch mehr gegen sich aufbringen?«, fuhr Bobby sie an. »Ich weiß ja nicht, ob Jenny Ihnen von ihrer Vergangenheit erzählt hat, Miss Lewis, aber die ist alles andere als schön. Sie ist sehr empfindlich und ich kenne sie gut genug, um zu wissen, dass sie unüberlegt handelt, wenn man sie derart verletzt.«

»Es lag nicht in meiner Absicht, Jenny zu verletzen, Miss Hale. Sie ist erwachsen, sehen Sie das endlich ein. Für Sie ist Jenny doch nichts weiter als eine billige Arbeitskraft, oder? Sie ist immer da, wenn Sie sie brauchen. Hat kein Privatleben, keinerlei Vergnügen. Sie ist erst vierundzwanzig und schuftet wie ein Ackergaul. Haben Sie eigentlich mitbekommen, dass sie Schmerzen hatte und sich kaum bewegen konnte?« Grace redete sich in Rage.

»Was bilden Sie sich eigentlich ein?« Bobby machte einen Schritt auf die größere Frau zu, doch Eve hielt sie zurück.

»Hey, was soll das werden? Okay, ihr wollt mir nicht sagen, was hier los ist, aber ihr müsst euch nicht gleich duellieren! Es wäre furchtbar nett, wenn Sie nach Jenny suchen, Miss Lewis.« Sie zwang sich zu einem Lächeln, während sie immer noch Bobbys Ärmel fest umklammert hielt und deren finsteren Blick ignorierte.

Grace nickte, froh darüber, dass Eve deeskalierend eingeschritten war. Hatte Bobby Hale allen Ernstes gedacht, sie könnte es mit ihr aufnehmen? Grace lachte ob der Absurdität in sich hinein.

»Haben Sie eine Idee, wo ich sie finden kann?«

»Sie wird bei Ron sein«, knurrte Bobby. »Das *All in*.

Zirka zwanzig Meilen entfernt. An der Hauptstraße steht eine Leuchtreklame.«

»Okay.« Wieder nickte Grace und drückte Eve den Topf in die Hand. »Keine Sorge, Doktor Dearing, ich bringe Jenny sicher nach Hause.«

Das Leuchtschild, welches Bobby erwähnte, hatte bestimmt schon bessere Tage gesehen. Nur noch drei Buchstaben des Wortes *Motel* leuchteten. Grace bog ab und sah schon von weitem das *All in* und das danebenliegende Motel. Sollte sich Jenny alles Ernstes in dieser Bruchbude aufhalten? Naserümpfend verließ sie den Wagen und überlegte kurz, ob sie die Pistole mitnehmen sollte, die sicher im Handschuhfach verwahrt war. Doch sie entschied sich dagegen. Sollte es handgreiflich werden, würde sie sich auch so wehren können.

Mit langen Schritten lief sie über den Parkplatz, riss die Türe der Kneipe auf und blieb im Eingang stehen. Einen Moment lang fühlte sie sich wie in einem alten Western und erwartete kurz, dass der Mann am Piano sein Spiel unterbrach. Doch hier gab es kein Piano, nur die Jukebox, aus der ihr irgendein Countrysänger entgegenplärrte. Es klang ein bisschen nach Johnny Cash, aber so genau kannte sich Grace mit Musik nicht aus, zumindest nicht mit derartiger Musik. Sie bevorzugte da schon eher Rock und Metal.

Die zumeist männliche Klientel starrte sie an. Widerliche Kerle, die sie mit Blicken auszogen und sich gierig die Lippen leckten. Mit geübtem Auge scannte Grace die Gäste, doch Jenny war nirgends zu sehen. Sie entschied, den Wirt zu fragen und ging zur Theke.

»Ich suche eine junge Frau, Mitte zwanzig, brünettes Haar. Jenny Porter, falls Ihnen das was sagt.«

»Und was wollen Sie von ihr?« Der Wirt spülte ungerührt weiter seine Gläser, während sich rechts und links von ihr zwei schmierige Bikertypen positionierten.

»Sie haben Jenny also gesehen?« Grace versteifte sich.

»Das habe ich nicht gesagt.«

»Also, ist Sie hier? Ich habe keine Zeit für Spielchen«, antwortete Grace.

»Hören Sie, Lady, wir quatschen nicht mit Bullen, also verpissen Sie sich!«

Grace schluckte und spürte, wie ihr die Röte ins Gesicht schoss. War das so offensichtlich? Wahrscheinlich hatte der ein oder andere gesessen und konnte einen Cop zehn Meter gegen den Wind riechen.

»Ich bin kein Bulle.« Sie hoffte, ihre Stimme klang glaubwürdig. »Ich mache mir nur Sorgen.«

Der Wirt gab keine Antwort, sondern nickte den beiden Männern, die Grace mittlerweile recht nahe auf den Leib gerückt waren, zu. Im selben Moment packte einer ihren Arm, doch Grace war darauf vorbereitet gewesen, drehte sich blitzschnell und hatte dem Kerl den Arm auf den Rücken gedreht.

»Verzieh dich, Bullenschlampe«, zischte er und Grace zog es vor, den Rückweg anzutreten. Hier würde man ihr keine Auskunft geben. Sie war aufgeflogen.

Die drohenden Blicke im Nacken, verließ sie das *All in* und wollte schon zu ihrem Wagen gehen, als sie ein Kichern hörte. Grace ging um das Gebäude herum und sah Jenny, die von einem der Biker an die Hauswand gedrückt wurde. Ihr Rock war hochgeschoben, das Top ebenfalls. Grace ballte die Hände zu Fäusten. Ein zweiter Typ tauchte auf, eine Hand lag in seinem Schritt, mit der anderen stützte er sich an der Wand ab.

»Kann weitergehen, Süße«, lallte er. »Ich musste nur schnell pissen.«

»Na, dann komm mal her, du böser Junge.« Jenny kicherte wieder. Offensichtlich war sie sturzbetrunken und hatte sich weiß Gott was eingeworfen. Grace schossen Tränen der Wut in die Augen. Sie musste einen klaren Kopf bewahren, wer wusste schon, wie viele von diesen Kerlen sich hier noch tummelten. Als sie sah, wie sich der eine die Hose öffnete und Jennys linkes Bein um seine Hüfte legte, lief Grace schnell zu ihrem Wagen. Sie würde ihre Waffe brauchen, anders würde sie die volltrunkenen und vermutlich aggressiven Männer nicht in Schach halten können. So schnell sie konnte, rannte sie zurück, gerade noch rechtzeitig, denn die beiden Biker hatten wohl eine andere Position für Jenny vorgesehen. Einer stand jetzt hinter ihr und kniff in ihr rundes Hinterteil, während der andere mit heruntergelassener Hose vor Jenny stand und ihr seinen Schwanz zwischen die Lippen presste.

»Lasst sie los«, brüllte Grace mit bebender Stimme und hielt die Waffe auf die beiden gerichtet, die vor Schreck zusammenzuckten.

»Ey, Miststück, verzieh dich. Siehst du nicht, dass wir vögeln wollen?«, lallte ihr der, der vor Jenny stand, entgegen.

»Ich sagte, ihr sollt sie in Ruhe lassen.« Sie lud die Glock durch, was scheinbar Eindruck schindete.

»Scheiße, das ist ein Bulle.« Eilig zogen die beiden ihre Hosen hoch und taumelten ums Gebäude herum.

»Was ist denn los?« Jenny richtete sich auf. Ihr Gesicht war gerötet, das Make-up verschmiert und die Haare hingen ihr strähnig in die Augen. »Grace. Sieh an, Gracie ist zur Party gekommen.«

Grace sicherte die Pistole und steckte sie sich hinten in den Gürtel. Dann hakte sie sich bei Jenny unter und wollte sie zum Auto bringen.

»Hey, was soll denn das?« Jenny entwandte sich rückwärts stolpernd dem Griff.

»Ich bring dich nach Hause«, sagte Grace gepresst. Im Moment empfand sie nur Ekel und Wut für Jenny.

»Ich geh nicht nach Hause. Lass mich, du Bitch, ich will feiern. Wo sind denn die beiden Süßen hin?« Sie drehte sich im Kreis und fiel auf den Boden.

»Ups.« Lachend versuchte Jenny, sich wieder hochzurappeln.

»Komm jetzt!«

»Nein! Hau ab, Grace und hol die Jungs wieder. Weißt du, die wissen nämlich wertzuschätzen, wenn ich sie küsse.«

»Das weiß ich auch, Jenny. Wirklich, aber du musst jetzt mitkommen, bevor hier noch mehr von den Kerlen auftauchen«, flehte Grace.

»Ich will aber nicht nach Hause.« Plötzlich fing sie an zu weinen. »Ich habe gar kein Zuhause. Nur eine Hütte. Eine einsame Hütte, wo mich niemand vögeln will.«

»Willst du das denn wirklich? Solche Kerle?«

Mit glasigen Augen sah Jenny zu Grace hoch, drehte sich dann blitzschnell zur Seite und erbrach sich.

»Böser Tequila.« Schief grinsend wischte sie sich den Mund mit dem Handrücken ab.

»Komm, lass uns fahren.« Grace stützte sie, denn Jenny konnte kaum noch gerade stehen.

»Nicht nach Hause, Grace. Bitte!«

»Okay.« Seufzend schlug Grace den Weg zum Motel ein, verfrachte Jenny auf eine Bank und orderte ein Zimmer. Nach wenigen Minuten kam sie zurück, zog die Schnapsdrossel in die Höhe und lotse sie in die richtige Richtung.

»Hier«, sagte sie und schloss die Zimmertüre auf. Ein leicht muffiger Geruch schlug ihnen entgegen, den selbst Jenny wahrgenommen hatte. Kaum hatten sie das Zimmer betreten, stürmte sie ins Bad. Grace hörte die Würgegeräusche. Unschön und ganz und gar unsexy.

»Oh mein Gott, ich sterbe«, jammerte Jenny, während sie sich immer und immer wieder übergab.

»So schnell stirbt man nicht«, sagte Grace, die hinter sie getreten war und ihr ein Glas Wasser reichte. »Steh auf. Du gehst jetzt erst mal duschen und dann ab ins Bett.«

»Warum magst du mich nicht, Grace?« Wimmernd ließ sich Jenny aus den Klamotten helfen.

»Im Moment? Weil du stinkst.« Den Kommentar hätte sich Grace vielleicht besser verkniffen, denn Jenny fing wieder an zu heulen.

»Es tut mir leid. Ich wollte nur ... du hast mir wehgetan, weißt du? Verdammt wehgetan.«

»Ich weiß«, gab Grace leise zurück. Sie schluckte, als sie die nackte Jenny unter die Dusche schob. Selbst in diesem Zustand hätte sie gerne alle möglichen Dinge mit ihr angestellt. Aber das wäre nicht fair. Nicht, wo sie sowieso schon so durch den Wind war. Sie schrubbte Jenny ab, wusch ihr die Kotze aus dem Haar und als sie fertig war, wickelte Grace sie wie ein kleines Kind in ein Handtuch und brachte sie zu Bett.

»Danke.« Jenny lächelte und war im selben Moment eingeschlafen.

Grace hatte die Nacht auf dem Sessel verbracht. Vorsorglich hatte sie den Papierkorb neben das Bett gestellt, falls Jenny erneut schlecht wurde, doch die schnarchte wie ein Holzfäller und rührte sich bis zum Morgen nicht.

»Mein Kopf platzt«, stöhnte sie, als sie aufwachte. Wie in Zeitlupe richtete sie sich auf und sah Grace beschämt an.

»Hier, trink das.« Grace reichte ihr ein Glas Wasser, in dem sie ein Aspirin aufgelöst hatte. »Ich habe auch Kaffee geholt und etwas aus dem Automaten. Du hast die Wahl zwischen einem labbrigen Thunfischsandwich oder eins mit ...« Grace drehte das Brot in ihren Händen, »... ich denke, das soll Eiersalat sein.«

»Nur Kaffee, sonst kotze ich.« Jenny rieb sich die Augen, als sie ihr Glas ausgetrunken hatte. »War es so schlimm, wie ich befürchte?«

»Gemessen an welchem Standard?«

»Gibt es da Unterschiede?«

»Na ja, wenn es für dich normal ist, dich wie ein Flittchen aufzuführen, dich sinnlos zu betrinken und dann mit zwei Kerlen ...«

»Stopp!«, ging Jenny dazwischen. Stöhnend ließ sie sich zurücksinken. »Was habe ich mir nur dabei gedacht? Habe ich etwa mit diesen Typen ... Ich meine, hatte ich Sex?«

»Konnte es gerade noch verhindern.« Grace reichte ihr Kaffee und setzte sich an den Bettrand.

»Scheiße!« Jenny fuhr in die Höhe. »Eve und Bobby ... Ich muss zur Arbeit.«

»Beruhige dich, ich habe bereits angerufen. Sie wissen, wo du bist.«

In Jennys Augen schwammen Tränen und sie griff nach Graces Hand.

»Danke«, sagte sie leise. »Ich bin so eine Idiotin. Ich wollte das nicht, das heißt, ich wollte es schon. Eigentlich aber nur, um dir eins auszuwischen. Du hast mich verletzt, Grace.« Sie machte eine Pause und runzelte die Stirn. »Erinnere ich mich richtig? Hattest du eine Waffe?«

»Ja.«

»Warum hattest du eine Waffe?«

»Ich bin aus Texas, reicht das?«

»Du eilst mir also mit gezogener Waffe zur Hilfe? Wow! Das ist ... heldenhaft.« Sie grinste und Grace grinste zurück.

Da war es wieder, dieses Gefühl sie in die Arme ziehen und küssen zu wollen.

»Warum, Grace?«, flüsterte Jenny erneut.

»Es ist kompliziert. Es tut mir leid, dass ich dir wehgetan habe, das wollte ich nicht. Und schon gar nicht wollte ich, dass du dich in Gefahr begibst. Diese Arschlöcher hätten sonst was mit dir anstellen können. Ich hätte nicht ertragen, wenn dir etwas passiert wäre oder du ... wenn ihr ...« Sie schüttelte sich bei der Vorstellung, was gewesen wäre, wäre sie nicht rechtzeitig aufgetaucht. Das Bild, wie Jenny zwischen den beiden Männern *klemmte,* widerte sie noch immer an.

»Ich habe gehört, was du am Telefon gesagt hast.« Jenny sah sie mit großen Augen an und ihr Blick brach Grace fast das Herz. »Dass ich dumm bin. Vielleicht bin ich das, trotzdem dachte ich, da wäre etwas zwischen uns gewesen. Aus dem Rest bin ich nicht schlau geworden. Du verheimlichst mir etwas, oder?«

»Ich halte dich nicht für dumm, im Gegenteil. Ich habe das nur gesagt, weil ... weil derjenige, mit dem ich telefoniert habe, nicht wissen soll, dass ich dich mag.«

Grace wandte sich ab, da sie spürte, dass Jenny sich damit nicht zufriedengab. Wie würde sie die Wahrheit aufnehmen?

»Ich bin keine Lehrerin. Ich bin vom FBI.«

Sie hörte, wie Jenny die Luft einsog und geräuschvoll wieder ausstieß.

»Wegen Melanie?«

»Ja.«

»Du ermittelst verdeckt? Wird jemand bei uns verdächtigt?«

Grace lächelte. Nein, Jenny war nicht dumm. Ganz und gar nicht. Sie drehte sich wieder zu ihr.

»Ich habe noch nichts Konkretes, aber jemanden auf dem Schirm. Carter.«

»Joshua? Nein, auf keinen Fall. Der ist viel zu ...« Jenny legte sich ihre Worte zurecht. »Das ist ein totaler Langweiler.«

»Wen könntest du dir denn vorstellen?«

Jenny schien aufzublühen. Die nächsten zwei Stunden gingen sie zusammen alles durch, was sie wussten und Grace erzählte ihr auch von den anderen Mädchen. Gemeinsam sortierten sie die Fakten und Jenny erwies sich als sehr hilfreich, da sie fast alles über die Mitarbeiter und Jugendlichen auf Bird Creek wusste.

»Vielleicht sollten wir unser Augenmerk nicht nur auf Bird Creek richten«, gab Grace zu Bedenken. »Was weißt du über die Nachbarfarmen? Über Typen, wie die von gestern Abend zum Beispiel.«

»Ach die.« Jenny winkte ab. »Die sind schon nicht verkehrt. Ron lebt schon ewig hier und ist Fremden gegenüber sehr misstrauisch.«

»Was du nicht sagst«, murmelte Grace ironisch.

»Und die anderen ... das sind Farmhelfer, einfache Arbeiter, so wie ich. Die trinken einfach mal gerne einen über den Durst. Diese Biker kannte ich nicht. Ron meinte, sie seien auf der Durchreise.«

»Auf mich haben aber alle recht aggressiv gewirkt und Ron wusste direkt, dass ich ein Cop bin. Hat er Vorstrafen?«

Jenny zuckte mit den Schultern. »Hab ihn nie gefragt. Geht mich auch nichts an. Ich bin auch vorbestraft, verdächtigst du mich jetzt auch?«

»Nein, natürlich nicht.« Grace lächelte versöhnlich und griff instinktiv nach Jennys Hand. »Keiner meiner Kollegen und auch nicht meine Mutter, wissen, dass ich lesbisch bin.« Sie sah Jenny an. Plötzlich hatte sie den Wunsch, sich zu öffnen, endlich die Wahrheit zu sagen. »Ich war total überfordert, als ich zu euch kam. Bobby und Eve ... ich dachte, mein Vorgesetzter Hank will mir damit irgendwas sagen.«

»Wäre es denn so schlimm, wenn sie es wüssten?« Jennys Daumen strich über Graces Handrücken, was ihr eine Gänsehaut bescherte.

»Keine Ahnung, wie sie darauf reagieren würden. Na ja, bei meiner Mutter kann ich es mir lebhaft vorstellen.« Sie grinste. »Sie hat diese eingeschworene Vorstellung von Mutter, Vater, Kind - etwas anderes käme für sie gar nicht infrage.«

»Warum ausgerechnet Lehrerin? Ich meine, es ist doch wohl so was von offensichtlich, dass du keinen blassen Schimmer von Kindern hast.« Jenny lachte vergnügt.

»Hey, Eddy mag mich.« Grace lachte ebenfalls. »Es lag nahe. Ihr brauchtet eine Lehrerin und ich habe vor ewigen Zeiten mal Geschichte studiert.«

»Und wie kamst du zum FBI?«

Grace machte es sich endlich bequem. Sie streifte ihre Sneaker von den Füßen und legte sich neben Jenny, die immer noch das Handtuch um ihren Körper gewickelt hatte, wie ihr jetzt erst auffiel. Sollte sie einen Schritt weitergehen? Jenny zeigen, dass sie durchaus mehr für sie empfand? Kurz zögerte Grace, doch dann öffnete sie einen Arm und Jenny kuschelt sich hinein. Dieses Gefühl war einfach unbeschreiblich. Noch nie hatte Grace eine Frau so nahe an sich herangelassen. Solche Art von Intimitäten waren ihr normalerweise ein Graus, aber sie war weit weg von Houston und wollte dieses wunderbare Wesen so eng wie möglich bei sich spüren.

»Mein Vater war FBI Agent«, erzählte sie jetzt, während Jennys Kopf in ihrer Armbeuge ruhte. Sie duftete nach dem Motelshampoo. Nichts Aufregendes, aber seifig und sauber. »Nach dem College ging ich zur Army ...«

Jenny lachte wissend auf.

»Also doch ein Drillsergeant«, kicherte sie.

»Ja.« Grace schmunzelte. »Ich hoffe, Ashley bekommt keinen bleibenden Schaden. Na ja, jedenfalls lief bei meinem letzten Einsatz im Irak einiges gehörig schief. Nachdem mein Vater verstarb, entschied ich mich, der Armee den Rücken zu kehren und stattdessen zum FBI zu gehen.« Sie hatte noch nie darüber gesprochen, was wirklich im Irak vorgefallen war, denn die Erlebnisse waren wie Narben in sie eingebrannt. Zu mehr war sie auch jetzt nicht bereit. Die Geschehnisse waren all die Jahre sicher in die letzte Ecke ihrer Erinnerungen verdrängt worden und dabei wollte Grace es belassen.

»Verschiedener können zwei Leben wohl nicht sein, oder? Meins sah so ganz anders aus. Meine Eltern waren sensationsgeile, schmierige Geldgeier. Mein Vater war Autoverkäufer und irgendwann gewannen sie im Lotto einen Haufen Kohle. Von da an drehten sie völlig durch, deswegen bin ich abgehauen und habe mich mehr schlecht als recht alleine durchgeschlagen. Als es gar nicht mehr ging, bin ich bei Eve und Bobby aufgetaucht und dass sie mich nicht umgebracht haben, grenzt an ein Wunder. Es war Schicksal, denn hätte ich die beiden nicht kennengelernt, hätte Amy genauso ein Leben wie ich führen müssen. Das einzig Gute, was meine Eltern je für mich getan haben, war die Erbschaft, die mein Vater mir hinterließ, als er letztes Jahr starb.«

»Und warum baust du dir mit dem Geld nicht etwas Eigenes auf?«

Jenny zuckte mit den Schultern.

»Es reicht noch nicht ganz und außerdem ... ich weiß auch nicht. Ich habe niemand anderen. Eve, Bobby, die Kinder ... sie sind doch meine Familie. Ich bin es ihnen schuldig.«

»Denkst du nicht, deine Schuld ist längst getilgt?« Grace richtete sich auf und nahm Jennys Gesicht in ihre Hände. »Du kannst doch nicht ewig für das büßen, was du als junges Ding angestellt hast. Du warst doch fast noch ein Kind.«

Jenny atmete schwer und Grace erging es ebenso.

»Ich möchte dich jetzt unglaublich gerne küssen«, sagte Grace leise.

»Warum tust du es dann nicht endlich?«

Als sich ihre Lippen trafen, durchströmte Grace wieder dieses warme Gefühl, das ihr bis in die Haarspitzen schoss. So abgebrüht, wie sich Jenny auch am Abend zuvor den Männern gegenüber verhalten hatte, so sanft und zurückhaltend war sie jetzt. Sie war eine zerrissene Persönlichkeit, die sich sehnlichst wünschte, irgendwo dazuzugehören. Auf der anderen Seite traf sie immer wieder die falschen Entscheidungen und landete dann da, wo sie sich jetzt befand. In einem heruntergekommenen Motelzimmer, nur mit einem Handtuch bekleidet. Aber im Moment war sie genau dort, wo Grace sie gerade haben wollte.

Sie knutschten wie zwei verliebte Teenager. Es musste nicht weitergehen, wenigstens nicht für den Augenblick. Grace genoss das Kribbeln, die Leichtigkeit, die Jenny in ihr wachrief. Alle Probleme, alles Schwere schien in weite Ferne zu rücken. Sie waren eingeschlossen in einem Kokon, in dem es nur sie und diesen schier unendlich andauernden Kuss gab. Plötzlich ließ Jenny von ihr ab, knotete das Handtuch auf und begann, Graces Bluse aufzuknöpfen. Immer wieder blickte sie ihrem Gegenüber in die Augen, als erwartete sie ein Zeichen, dass sie damit aufhören sollte. Doch Grace ließ sie nur allzu gerne gewähren. Sie spürte bereits die Hitze, die in ihr aufstieg, die Vorfreude auf das, was gleich geschah. Dennoch wagte sie nicht, einzuschreiten oder zu helfen. Stattdessen genoss sie jede einzelne von Jennys Berührungen. Als das störende Kleidungsstück endlich entfernt war, schob Jenny mit Bedacht die Träger des Büstenhalters hinunter und atmete tief ein, als Graces fester Busen zum Vorschein kam. Ein letzter, fragender Blick, dann legte sie sich hin und zog Grace auf sich.

# Kapitel 11

Fast hätte sie geweint. Dass es so werden würde, hätte sich Jenny in ihren kühnsten Träumen nicht vorgestellt. Grace war eine wunderbare Liebhaberin, der Sex war grandios gewesen. Sie hatte sich fallen und leiten lassen, war der gefügige Lehrling unter Graces erfahrenen Händen. Jede Sekunde war ein Höhepunkt, ein Feuerwerk aus Leidenschaft und Hingabe. Nie wieder wollte Jenny etwas anderes. Nie wieder andere Hände auf ihrem Körper spüren, nie wieder andere Lippen küssen.

Ermattet lagen sie nebeneinander. Grace war die schönste Frau, die Jenny jemals gesehen hatte und sie hätte sie am liebsten auf ein Podest gestellt. Ihre kühle, distanzierte Art machte nicht ihr ganzes Wesen aus. Tief im Inneren war sie ein warmherziger, leidenschaftlicher Mensch, der so viel zu geben hatte, sich dessen aber wahrscheinlich gar nicht bewusst war. Ein Mensch, der sich hinter seiner Arbeit versteckte, hinter einer Fassade. Jenny war Grace unendlich dankbar, dass sie ihr einen Blick hinter die Maske gewährt hatte. Sie mochte sich gar nicht vorstellen, wie ihr Leben als Soldatin ausgesehen hatte. War das der Grund für die zeitweilige Kälte in ihren Augen? Welches Leid hatten diese Augen gesehen? Welche Grausamkeiten? Jenny wollte all dies ergründen und vielleicht konnte sie Grace ein

Stück heile Welt zurückgeben. Sie wusste, dass sie nicht verstand, was Jenny und Bird Creek verband, weil sie anscheinend niemanden hatte, der ihr wirklich wichtig war. Sie könnten voneinander lernen. Sie, dass sie nur sich im Leben etwas schuldig war, und zwar glücklich zu sein. Und Grace, dass Wärme und Zuneigung keine Schwächen waren.

Jennys Magen knurrte plötzlich so laut, dass Grace verhalten lachte.

»Ich hatte mich schon gewundert, dass du es so lange ohne Nahrung aushältst«, sagte sie und drehte sich zur Seite.

»Du hast mir gereicht.« Sie lächelte und küsste Grace. »Am liebsten würde ich für immer und ewig hier liegenbleibe. Mit dir in meinen Armen.«

»Und langsam aber sicher verhungern. Das kann ich unmöglich verantworten. Sollen wir irgendwo frühstücken gehen oder möchtest du nach Hause?«

»Nach Hause. Mit den Klamotten kann ich mich nicht unter Menschen trauen. Unter Menschen, die nicht unter Alkoholeinfluss stehen und Sex haben wollen«, fügte Jenny hinzu, als sie Graces hochgezogene Augenbrauen sah.

Während der Fahrt hielten sie Händchen. Das war wohl das Kitschigste, was Jenny je getan hatte. Grace auch, wie es schien, doch sie konnten einfach die Finger nicht voneinander lassen. Erst als die Ranch in

Sichtweite kam, ließen sie sich los. Jenny hatte ein komisches Gefühl in der Magengegend und das kam nicht nur daher, dass sie einen mordsmäßigen Hunger hatte. Sie hatte heute ihre Arbeit vernachlässigt und Eve und Bobby im Stich gelassen. Doch als sie auf den Hof fuhren, winkte Bobby, die gerade aus dem Stall trat, ihnen entspannt zu. Grace fuhr bis vor Jennys Hütte, damit sie ungesehen hinein schlüpfen und sich umziehen konnte. Danach wollten sie im Haupthaus nach etwas Essbarem suchen und Jenny hoffte, Beth hatte genügend gekocht und wie üblich, wurde sie nicht enttäuscht.

Eddy rückte Grace auf die Pelle, als sie zusammen in der Küche saßen und Schmorbraten genossen.

»Wo wart ihr denn? Wir sind schon laaaange fertig mit Essen«, brabbelte Eddy und kämmte dabei einer Barbiepuppe die Haare.

»Wir haben einen Ausflug gemacht.«

Grace zwinkerte Jenny zu.

»Nehmt ihr mich das nächste Mal mit?« Eddy setzte ihren Hundeblick auf.

»Ja, mal sehen. Das war Erwachsenenkram«, erklärte Jenny und wurde rot.

»Habt ihr geknutscht?«

»Bitte was?« Jenny hustete, weil sie sich verschluckt hatte.

»Hey Zwerg, verzieh dich mal, ja.« Bobby betrat den Raum und scheuchte Eddy hinaus. »Alles gut bei euch?«, fragte sie und sah die beiden Frauen am Tisch skeptisch an.

»Ja, alles in Ordnung«, antwortete Jenny zerknirscht. »Es tut mir leid, Bobby.«

»Kein Ding. Jeder braucht mal eine Auszeit. Kann ich dich später kurz sprechen?« Bobby goss sich ein Glas Wasser ein, beäugte noch einmal kritisch die beiden und ließ sie dann alleine.

Schweigend widmete sich Jenny wieder ihrem Teller. Wenn Bobby so ernst war, folgte gleich bestimmt eine Standpauke oder zumindest ein Verhör. Bobby neigte dazu, in gewissen Situationen überzureagieren und dass sie Grace nicht besonders mochte, war kein Geheimnis. Sie hatte sie nicht mal begrüßt, als sie in die Küche kam. Auch wenn es Jennys erster Ausrutscher nach sechs Jahren war, fühlte sich verdammt schuldig.

»Ich geh dann mal zu ihr«, sagte sie leise.

Grace griff nach ihrer Hand und zog sie an sich, um sie zu küssen.

»Du bist erwachsen, Jenny. Bobby hat nicht das Recht, sich in dein Privatleben einzumischen.«

Jenny nickte. Sie war einfach zu müde für Diskussionen. Grace verstand einfach nicht, dass Bobby so etwas wie ihre große Schwester, wie Familie war. Natürlich war sie ihr Rechenschaft schuldig, wenn sie so mir nichts, dir nichts einfach verschwand und über Nacht wegblieb. Mit hängenden Schultern ging sie ins Büro, wo Bobby am Computer saß.

»Hi«, sagte sie beim Eintreten. »Hör zu, es tut mir wirklich leid. Ich habe euch im Stich gelassen und ...«

»Halt die Klappe und setz dich.« Bobby speicherte das Programm ab und drehte sich zu Jenny. »Steht der Wagen noch bei Ron?«

»Ja.«

»Gut, ich schicke gleich zwei der Jungs hin, damit sie ihn abholen. Das war wirklich scheiße, Jenny. Aber ...« Bobby erhob die Stimme, als Jenny den Mund öffnete, »... Ich verstehe das und alles ist gut, okay? Es geht nicht darum, dass wir dir keinen freien Tag gönnen - du kannst so viele haben, wie du willst, das ist sowieso längst überfällig. Es geht darum, dass wir nicht Bescheid wussten. Wir haben uns Sorgen gemacht. Du weißt, wie das hier läuft: Wir vertrauen einander und geben Bescheid, wenn wir über Nacht wegbleiben. Ich hoffe, es ist nichts Schlimmes vorgefallen.«

Jennys Gesicht glühte vor Scham und Tränen stiegen ihr in die Augen.

»Dank Grace nicht«, antwortete sie leise.

»Jenny!« Bobby schüttelte den Kopf, beugte sich vor und nahm Jennys Hände in ihre. »Du gehörst zur Familie, wir lieben dich. Warum redest du nicht mit mir oder Eve, wenn dich etwas bedrückt? Was ist los? Fühlst du dich nicht mehr wohl hier?«

»Wie kommst du denn darauf?«

»Na ja, Grace deutete so etwas an und ich muss sagen, deine neue Freundin hat wirklich Eier, solche Geschütze aufzufahren. Warum weiß ich nichts davon, dass du Schmerzen hattest? Warum nicht darüber Bescheid, dass du dich ausgenutzt fühlst?«

»So ... so ist das gar nicht«, protestierte Jenny und plötzlich brachen bei ihr die Dämme.

Bobby ließ sie gewähren, bis sich Jenny wieder beruhigt hatte.

»Ich bin zur Zeit einfach etwas durcheinander.« Sie schnäuzte ihre Nase in dem Taschentuch, welches Bobby ihr reichte. »Ich habe manchmal das Gefühl, irgendwie außen vor zu sein. Dann das mit Melanie und das mit Grace ... ich weiß auch nicht. Es tut so gut, ihre Aufmerksamkeit zu haben, auf der anderen Seite weiß ich nie so wirklich, wo ich bei ihr stehe. Und dann ist da noch ... ach, vergiss es.«

»Sprich dich aus«, forderte Bobby. »Nur so können wir helfen.«

»Es ist dumm.« Jenny knüllte das Taschentuch in ihrer Hand zusammen. »Ich würde gerne versuchen, etwas Eigenes auf die Beine zu stellen. Eine Pferdezucht. Aber dafür bräuchte ich einen eigenen Hof, das nötige Kleingeld, Angestellte ... na ja, du weißt ja, wie es läuft.« Sie grinste schief.

»Okay«, antwortete Bobby schlicht und Jenny konnte nicht erkennen, wie ihr Gemütszustand war. War sie verärgert? Enttäuscht? »Wenigstens auf eine deiner Fragen kann ich dir eine Antwort geben: Grace empfindet verdammt viel für dich. So wie sie sich für dich eingesetzt hat. Dennoch ist sie eine sauschlechte Lehrerin und wir werden sie feuern, wenn du das noch möchtest.«

»Nein! Das geht nicht«, sagte Jenny schnell und seufzte dann. »Was ich dir jetzt sage, bleibt unter uns, okay? Häng das nicht an die große Glocke!«

»Versprochen!«

»Grace ist keine Lehrerin.« Jenny hatte die Stimme gesenkt. »Sie ist verdeckte Ermittlerin vom FBI.«

»Waaaas?« Bobby blieb zwar auch leise, aber die Überraschung stand ihr ins Gesicht geschrieben. »Wegen Melanie? Hat sie jemanden von uns in Verdacht?«

»Ja, wegen Melanie und nein, sie hat noch nichts Handfestes. Es ist ein weiteres Mädchen verschwunden, erst vor einigen Tagen. Sag Eve, sie braucht sich keine Sorgen mehr zu machen!«

Bobby nickte. »Das wird sie ein wenig beruhigen!«

Als Jenny wieder in die Küche kam, stand Eddy bei Grace und zeigte ihr gemalte Bilder.

»Das ist der Geburtstagskuchen, den ich mir wünsche«, schnatterte sie. Jenny grinste. Grace wirkte etwas überfordert.

»Ich habe nämlich nächste Woche Geburtstag und bekomme eine Party mit einem Clown. Den habe ich mir gewünscht. Und ein neues Fahrrad - ich hoffe so doll, dass ich ein Fahrrad bekomme.« Sie hopste auf und ab. »Drückst du mir die Daumen, dass ich ein Fahrrad bekomme?«

»Alle die ich habe«, antwortete Grace, woraufhin Eddy schallend lachte.

»Du hast doch nur zwei, Dummerchen. Ich habe übrigens einen Wackelzahn, guck mal.«

»Es ist genug, Kröte«, mischte sich Jenny ein. »Ich glaube, Grace weiß, wie Wackelzähne aussehen und möchte deinen nicht begutachten. Geh ein bisschen spielen, ja? Wir haben noch zu tun.«

»Aber Amy ist nicht da«, quengelte Eddy.

»Pass auf, du malst jetzt nur für Grace ein Bild, was sie sich in ihrer Hütte aufhängen kann, okay? Eins, auf dem du und sie deine mega-gigantische, pinkfarbene Geburtstagstorte futtern.«

»Grace mag pink?« Eddys Augen strahlten.

»Na klar, welches Mädchen mag denn kein Pink?« Jenny spürte Graces Blick im Nacken und unterdrückte ein Lachen.

»Ehrlich, Grace?«

»Aber sicher, ich bin ganz verrückt danach.«

»Dann male ich dir jetzt ein Bild mit gaaanz viel Pink«, rief Eddy und rannte aus der Küche.

»Herzlichen Dank auch.« Grace schmunzelte. »Als Nächstes muss ich mir noch ein Kleid anziehen.«

»Warts nur ab. Sie hat einem der Pferde schon mal

Glitzersticker auf den Po geklebt und die Mähne pink angemalt. So ein hübsches Arbeitspferd hatten wir noch nie.«

Die Frauen lachten fröhlich, bis Grace Jenny zu sich zog.

»Sollen wir in deine Hütte gehen? Ich müsste dich noch mal verhören.«

»Oh, Agent Lewis! Ich hoffe, eine Leibesvisitation ist inklusive?« Jenny beugte sich hinunter und küsste Grace. »Dann mal los, ich kanns kaum erwarten.«

Kapitel 12

Noch nie hatte Grace Zweisamkeit so genossen. Der Sex mit Jenny war geradezu magisch, auch wenn sie in Bezug auf Frauen nicht ganz so erfahren war. Vielleicht war es aber auch genau diese Unerfahrenheit, die Grace so anmachte. Jenny war keine von diesen Großstadtlesben, die knallhart durchs Leben gingen und ihre Karriere an erste Stelle setzten. Auch wenn sie gewiss eine dunkle Seite hatte, die Grace am Abend zuvor kennengelernt hatte, war Jenny geradezu unbedarft und kindlich verspielt.

Als sie verschwitzt in Jennys winzigem Bett nebeneinanderlagen, die Beine ineinander verschränkt und sich streichelnd, weil sie die Finger nicht voneinander lassen konnten, dachte Grace an das, was nach ihrem Einsatz kam. Sie hatte nie vorgehabt, jemanden so ins Herz zu schließen. Das war ganz und gar nicht gut und obendrein so was von unprofessionell. Hank durfte nie davon erfahren - niemand durfte das. Wie gerne wäre sie in dieser Blockhütte geblieben, diese Wahnsinnsfrau in ihren Armen und wie gerne hätte sie dem Rest der Welt den Mittelfinger gezeigt. Hier drin gab es keine schlechten Menschen, keine Gewalt, keinen Krieg ... Grace wollte das alles vergessen, doch das konnte sie nicht.

Sie spürte Jennys kühle Fingerspitzen, die an der hässlichen, roten Narbe an ihrer Hüfte entlangglitten.

Normalerweise wäre an dieser Stelle für sie Schluss gewesen. Noch nie hatte sie mit jemandem darüber gesprochen, außer mit dem Psychiater, der sie nach ihrem Einsatz im Irak betreut hatte.

»Hast du die aus dem Irak?« Jennys Stimme klang warm und sanft.

Grace nickte. In ihrem Hirn tauchten wieder die Bilder von dem Tag auf, an dem sie und ihre Truppe beschossen wurden. Der schrecklichste Tag in ihrem Leben, den sie weit hinter einer *Wand* in ihrem Gedächtnis weggesperrt hatte.

Jennys Finger glitten weiter zu ihrem Oberarm. Hier prangte das Army-Motto: *This We'll Defend*, geschrieben in einer roten Banderole und die US-Flagge darunter. *Scheiß drauf*, dachte Grace. Auch wenn sie noch immer im Staatsdienst tätig war, hielt sich ihr Patriotismus in Grenzen.

»Erzählst du es mir?«

Grace drehte sich auf die Seite, sah Jenny in die Augen, deren Blick voller Leben und Zuneigung waren, und wollte sich ihr Gesicht in alle Ewigkeit einprägen. Jedes schöne Detail. Die blassroten Lippen, die immer etwas rau waren. Ihre kleine Nase, auf der sich wenige Sommersprossen befanden. Die hohen Wangenknochen, die ihr Gesicht manchmal viel zu schmal wirken ließen.

»Wir sollten zwei französische Reporter befreien, die außerhalb von Bagdad einen Unfall hatten. Ihr

Fahrer war schwer verletzt, der Jeep hatte einen geplatzten Reifen und sie saßen auf einem Bauernhof fest. Der Krieg ist zwar lange vorbei, dennoch brodelt es dort an allen Ecken und Enden.« Graces Stimme schwankte zwischendurch, während sie erzählte. »Wir waren zu sechst, eigentlich eine simple Sache. Doch wir wussten nicht, dass sich ganz in der Nähe ein paar Rebellen versammelt hatten, die sofort das Feuer eröffneten, als sie uns erspäht hatten. Ich kam glimpflich davon, weil ich in der Scheune war, um die Reporter rauszuholen, doch unser Konvoi wurde beschossen. Die Narbe stammt von einem Granatsplitter.« Sie sagte das, als würde sie sich schämen, noch am Leben zu sein. Als hätte sie es nicht verdient, hier in den Armen einer schönen Frau zu liegen, anstatt auf einem Friedhof.

»Und warum dann noch das FBI?«, bohrte Jenny vorsichtig weiter.

»Was hätte ich sonst machen sollen? Mein Vater war beim FBI, ich hatte nichts anderes gelernt, als mit einer Waffe umzugehen und Befehle entgegenzunehmen. Vielleicht dachte ich auch, ich könnte so etwas wieder gutmachen. Hank, also Agent Ribera, war mein Mentor und der frühere Partner meines Vaters. Hätte ich ihn nicht gehabt ... ich weiß auch nicht.«

Sie zog Jenny an sich. Genug vom Tod, sie wollte das Leben, wollte Jenny spüren. Wild presste sie ihre

Zunge zwischen Jennys Lippen, gab ihr kaum Zeit, sich zu besinnen. Als sie ihre Finger in Jennys feuchter Mitte vergrub und ihr Stöhnen hörte, lächelte sie dankbar. Dankbar dafür, dass sie diesen Moment erleben durfte.

Sie blieben bis zum Nachmittag im Bett, dann duschten sie und Jenny hatte sich irgendwann zwischen dem dritten und vierten Orgasmus in den Kopf gesetzt, dass Grace reiten lernen sollte. Nur schwerlich konnte Grace sie davon abbringen. Wenn Jenny über ihre Arbeit mit den Tieren sprach, glühten ihre Wangen wie die eines Kindes. Im Stall, bei ihrer Stute, konnte sich Grace selbst ein Bild davon machen, wie sehr Jenny liebte, was sie tat. Nichts und niemand sollte sie von diesem Ort wegbringen. Für einen kurzen Moment hatte Grace überlegt, ob sie Jenny bitten sollte, sie nach Houston zu begleiten, doch das wäre purer Egoismus gewesen. Sie gehörte hierhin. Genau an diesen Ort!

»Los, streichel sie«, forderte Jenny und schmunzelte spitzbübisch, als sie Graces Zurückhaltung bemerkte.

Nein, vierbeinige Lebewesen waren nicht so ihr Ding. Und dieser Geruch ... Grace hätte sich am liebsten direkt wieder unter die Dusche gestellt. Aber als sie in Jennys fröhliches Gesicht blickte, tat sie ihr den Gefallen. Zögerlich, fast ein bisschen zittrig, streckte sie die Hand aus und berührte den Kopf der Stute, die daraufhin leise schnaubte.

»Sie mag dich.«

»Das ist ... schön. Nehme ich mal an.« Grace trat wieder einen Schritt zurück. In der Ferne hörte sie den Hund bellen und Eddy krakeelte auch schon wieder irgendwo herum. Instinktiv verspannte sie sich. Eddy war niedlich, auf ihre nervige Kleinmädchenart, aber es reichte, wenn sie sich einmal am Tag sahen.

»Also, möchtest du einen Ritt über die Felder wagen oder sollen wir lieber die Quads nehmen?«, fragte Jenny, als hätte sie Graces Unbehagen gespürt.

»Die Quads. Nicht, dass ich Pferde gänzlich ablehne, aber ich denke, wir verschieben das Reittraining.«

»Du hast echt Schiss?« Jenny lachte laut auf und schüttelte dann den Kopf. »Ihr Stadtmenschen wisst einfach nicht, was gut ist. Also gut, dann schwing deinen hübschen Hintern mal auf das Gefährt.« Sie gab Grace einen Klaps aufs Hinterteil, ehe sie den Stall verließen. Draußen befanden sich Bobby und Eve und Grace hob die Hand zum Gruß.

»Können wir Sie später kurz sprechen, Miss Lewis?«, rief Eve. »Heute Abend, beim Essen?«

»Gerne«, rief Grace zurück. Sie ahnte schon, worum es ging. Jenny hatte ihr gesagt, dass sie Bobby eingeweiht hatte und natürlich waren die Frauen neugierig auf den Stand der Dinge. Ehe sie sich auf das Quad setzte, erhaschte sie noch einen Blick von Bobby. Abschätzig? Fragend? Nein. Es war eher Besorgnis darin zu lesen. Grace wusste, wie nah sich Bobby und Jenny standen und sie war die Neue, die sich zwischen dieses unsichtbare Band hindurchdrängte. Jedenfalls fühlte es sich so an. Sie passte nicht hierher. Sie war kein Mensch für eine Ranch, für dieses ganze Heile-Welt-Programm. Diese heile Welt gab es nur, weil diese Leute noch nie etwas anderes kennengelernt und sich hier ein Refugium der Abgeschiedenheit geschaffen hatten. Selbst Jenny meinte am Abend zuvor, die Kerle in der Kneipe seien nicht übel. Grace wäre am liebsten ausgerastet, angesichts dieser Naivität. Sie hatte in ihrem Handeln keine Gefahr gesehen, war sich nicht bewusst gewesen, dass es vielleicht nicht nur bei diesen beiden Vollidioten geblieben wäre.

Während sie neben Jenny herfuhr und sich den lauwarmen Wind durchs Gesicht streifen ließ, versuchte sie, sich jedes kleine Detail einzuprägen. Das machte sie immer, ganz unbewusst. Doch galt es weniger der Schönheit der Natur, als vielmehr einer Tatortbesichtigung. Sie seufzte. Fallenlassen - eine Eigenschaft, die ihr gänzlich abhandengekommen war. Hinter jedem Busch witterte sie Gefahr. War stets bereit, sich in einen Konflikt zu stürzen. Wie gerne würde sie zurück in die Sicherheit von Jennys

Hütte kehren. An den Ort, wo es nur sie beide gab.

»Siehst du die Weiden dahinten?« Jenny hatte angehalten und deutete mit dem Finger in die Ferne. »Das Grundstück ist ein Traum. Es gibt einen Zugang zum Fluss, es ist fruchtbares Weideland und Platz für ein Haus wäre auch noch.«

»Was soll das bedeuten?« Grace nahm die Sonnenbrille ab und kniff die Augen zusammen.

»Das wäre mein Traum. Es zu pachten und dort meine eigene Pferdezucht aufzubauen.« Jennys Blick wurde sehnsüchtig. »Na ja, vielleicht eines Tages.« Sie lächelte. »Ich bin ja noch jung.«

»Lass uns hinfahren«, schlug Grace vor. »Ich will den Fluss sehen.«

»Es ist wirklich wahnsinnig schön.« Grace hatte die Hände in die Hüften gestemmt und atmete die frische Brise des Flusses ein. Sanft schlängelte er sich durch die Weiden, gesäumt von alten, knorrigen Bäumen.

»Nicht wahr? Hier in etwa würde ich das Haus hinbauen.« Jenny rannte ein Stück weg, breitete die Arme aus und watete mit langen Schritten durch das hohe Gras. »Kannst du es dir vorstellen? Ein Häuschen direkt am Fluss?«, rief sie voller Begeisterung und kam wieder auf Grace zu. »Es müsste gar nichts Großes sein, für mich alleine reicht etwas Überschaubares. Obwohl ...«

»Obwohl was?«

»Na ja, es könnte ja sein, dass ich hin und wieder Besuch bekomme oder jemand mit einziehen will. Dann sollte es schon etwas größer sein, oder?« Sie zwinkerte Grace zu.

»Absolut. Und ein zweites Bad.«

»Ach? Ich dachte, wir duschen gemeinsam?«

»Bring mich nicht auf komische Ideen.« Grace zog sie an sich und gab ihr einen Kuss. Arm in Arm standen sie im Schatten der Bäume und Grace konnte Jennys Herzschlag spüren.

»Weiter rechts kämen die Stallungen hin. Ich würde vielleicht mit zwei Stuten anfangen. Und einem Hengst, den ich vermieten kann, damit Geld reinkommt.«

»Wie viele Arbeiter würdest du brauchen?«, murmelte Grace rau. Sie konnte sich schon jetzt kaum wieder auf etwas anderes konzentrieren.

»Drei sollten reichen. Hey, was machst du da?«

»An deinem Ohr knabbern. Hast du Lust schwimmen zu gehen?« Noch ehe Jenny antworten konnte, entledigte sich Grace ihrer Sachen und rannte in den Fluss. Lachend und kopfschüttelnd tat Jenny es ihr gleich und stürzte sich in die kühlen Fluten.

Gegen Abend betraten sie gemeinsam das Haupthaus. Grace blieb einen Moment im Korridor stehen und lauschte den Geräuschen. Kinderlachen,

Klappern von Geschirr und Töpfen, Stimmengewirr. Dieses Haus war voller Leben. Schon zu Beginn hatte sie festgestellt, mit wie viel Liebe alles eingerichtet wurde. Warme Farben dominierten die Räume, luftige Vorhänge an den Fenstern, die sich im Wind leicht bewegten. Auf den Tischen im Esszimmer und der Küche standen frische Blumen, Gladiolen, wenn Grace es richtig erkannte, am Küchenfenster befanden sich aufgereiht mehrere Kräutertöpfe. Der Duft von gegrilltem Fleisch lag in der Luft.

An den Wänden hingen etliche Bilder verschiedener Stilrichtungen. Scheinbar war man sich nicht einig, doch das künstlerische Durcheinander wirkte auf seine eigene Weise harmonisch. Grace schmunzelte, als sie an der Wand seitlich der Küchentür Spuren von Buntstiften sah. Eine kleine Stelle bunten Gekritzels, die von der Anwesenheit der Mädchen zeugte.

»Grace!« Eddy flog in ihre Arme. »Komm mit in den Garten, Mommy hat den Grill angemacht.«

Sie ließ es diesmal zu, dass die Kinderhand nach ihrer griff und sie mit sich zog.

»Ich habe dein Bild fertig. Möchtest du es sehen?«

»Klar doch.« Grace lächelte, als Edwina hopsend die Treppe nach oben rannte, wo sich ihr Kinderzimmer befand.

»Nimmst du das bitte?« Jenny kam aus der Küche und drückte ihr einen Teller mit Fleisch in die Hand.

Zusammen gingen sie in den Garten, wo Bobby am Grill stand und Eve Teller auf den langen Tisch platzierte.

»Agent Lewis.« Bobby nickte ihr zu und Eve deutete strahlend lächelnd auf einen Platz am Tisch.

»Setzen Sie sich«, sagte sie.

»Danke.« Grace übergab Bobby den Teller und nahm auf einer der Holzbänke Platz, die rund um den Tisch standen. »Bitte«, sagte sie, »nennen Sie mich nicht Agent. Dass Sie überhaupt Bescheid wissen, ist schon das Höchste der Gefühle.«

»Natürlich.« Eve wischte sich sichtlich nervös die Hände an ihrer Hose ab. »Was möchten Sie trinken, A ... Miss Lewis?«

»Grace.« Sie lächelte. »Nennen Sie mich doch einfach Grace. Zu einem Glas Weißwein würde ich nicht nein sagen.«

Jenny grinste breit und pflanzte ihren Hintern neben sie.

»Was ist?«, fragte Grace.

»Nichts weiter. Ich finde es nur amüsant, dass ich was mit einer Gesetzeshüterin habe. Hätte mir das jemand vor ein paar Jahren gesagt, hätte ich ihn für verrückt erklärt.«

»Da ist das Bild. Bitteschön.« Eddy klatschte ein Blatt Papier auf den Teller, der vor Grace stand und wischte sich eine blonde Strähne aus dem geröteten Gesicht.

»Wow, das ist ... super!?« Es klang eher wie eine Frage, denn Grace starrte auf etwas, das sie nicht wirklich einordnen konnte. »Soll ich das sein?« Sie drehte das Blatt, doch auch in dieser Perspektive sah es nicht besser aus. Das Etwas, was sie darstellen sollte, besaß einen schweinchenrosa Körper, riesige Klumpfüße, zwei Arme, die wie schlaffe Stöcker an dem kastenförmigen Körper hingen und Schlitzaugen. Daneben war eine kleinere Person dargestellt, die offensichtlich Edwina sein sollte, was aber auch nur an den gelben Haaren zu erkennen war. In der Mitte der beiden Personen stand eine riesige, buntausgemalte Torte, auf der in Krakelschrift *Eddy* stand.

»Das bist du, das bin ich und das ist meine Geburtstagstorte, die wir gemeinsam essen. Toll, oder?« Eddy tippte mit ihren kleinen Wurstfingern auf das Bild.

»Jaaa, sehr.« *Auch wenn ich davon bestimmt Albträume bekomme*, dachte Grace im Stillen.

»Ich male ganz schön viel, wenn Amy nicht da ist«, brabbelte Eddy weiter, während sie auf die Bank krabbelte. »Sie darf bei einer Freundin schlafen und kommt erst morgen zurück. Dann habe ich noch genug Zeit, dir mehr Bilder zu malen, du musst nur sagen, was du möchtest.«

»Jetzt wird erst mal gegessen«, sagte Eve streng und warf Grace einen entschuldigenden Blick zu, doch die winkte milde gestimmt ab. Auch wenn Edwina ihr so nah auf die Pelle rückte, dass sie fürchtete, den Abend nicht ohne den ein oder anderen Ketchupspritzer zu überstehen.

»Sie können sich sicherlich vorstellen, dass ich aus allen Wolken gefallen bin«, sagte Eve, als sie sich auch gesetzt hatte. »Haben Sie schon einen Verdacht?«

»Nichts Konkretes«, antwortete Grace. »Ich zeige Ihnen gerne die Informationen, die ich bisher sammeln konnte und wäre dankbar, wenn Sie mir etwas über die Hintergründe der jeweiligen Personen berichten können. Vielleicht kommen wir dadurch schneller ans Ziel.«

»Natürlich!« Eve nickte. »Es ist so furchtbar. Ich kann mir beim besten Willen nicht vorstellen, dass jemand bei uns zu so etwas in der Lage wäre. Ich meine ... es sind Kinder! Ich möchte mir gar nicht ausmalen, wie die Eltern sich fühlen müssen. Und diese armen Mädchen ...« Betrübt schüttelte sie den Kopf, bis Bobby ihr den Rücken streichelte und einen Teller gegrillte Steaks auf den Tisch stellte.

»Wenn man den Leuten ihre kriminelle Ader auf den ersten Blick ansehen würde, hätte ich einen leichten Job«, sagte Grace.

Sie blickte in die Runde. Es fiel ihr nicht mehr ganz so schwer, sich zu entspannen und in Ruhe etwas zu essen. Für den Moment vergaß sie sogar, warum sie eigentlich hier war, und unterhielt sich locker und angeregt mit Eve und auch mit Bobby, wenngleich sie die kleinen Spitzen bemerkte, mit denen Bobby sie hin und wieder bedachte. Als Eddy später in ihrem Arm eingeschlafen war, brachte Eve sie ins Bett und Bobby nutzte die Gelegenheit, Grace auf den Zahn zu fühlen.

»Das mit euch ...«, sie nickte in Jennys Richtung »... wie darf ich mir das vorstellen? Wie soll das weitergehen?«

Grace lief rot an und presste die Lippen aufeinander. Gerade noch hatte sie sich so schön entspannt, doch diese Einmischung in ihr Privatleben, ging zu weit. Sie wechselte einen kurzen Blick mit Jenny, der die Frage auch ganz offensichtlich unangenehm war.

»Das wirst du erfahren, wenn wir darüber gesprochen haben«, sagte sie und funkelte Bobby an. »Oder vielleicht wirst du das auch nicht, Bobby! Es geht dich nämlich nicht das Geringste an.«

»Sorry, man wird sich ja wohl noch Gedanken machen dürfen.«

»Darf man, aber behalt sie für dich«, fauchte Jenny.

Grace hatte sich noch keine Gedanken gemacht. Doch jetzt, wo man sie mit der Nase darauf gestoßen hatte, begann ihr Gehirn zu rotieren. Was kam danach? Was würde aus ihnen beiden werden, wenn der Fall abgeschlossen war? Jennys Bemerkung, sie könne mit ihr zusammenziehen, war zwar als Scherz gemeint gewesen, aber war es das wirklich? Hegte Jenny insgeheim den Wunsch nach einem gemeinsamen Leben? Es gab Klärungsbedarf! Grace genoss die Zeit, das schon, aber sie war nicht bereit, ihr Leben in dieser gottverdammten Einöde zu verbringen. Auch wenn sie die Menschen hier mochte, mal abgesehen von Bobby, war und blieb es eine Rinderfarm und Grace war immer noch kein Fan von Tieren, deren Ausscheidungen und Gerüchen. Auf der anderen Seite war da Jenny. Diese wundervolle, leidenschaftliche Frau, die es geschafft hatte, Graces Mauern zum Bröckeln zu bringen. Würde sie so einfach Lebewohl sagen können?

»Jenny.« Grace berührte leicht ihren Arm. »Können wir reden?«

»Gerne.« Sie erhob sich von der Bank, trank ihre Cola aus und warf Bobby einen finsteren Blick zu. »Ich bin hier fertig.«

# Kapitel 13

Warum war Bobby manchmal so ein Arsch? Ja, sie machte sich Sorgen, schön und gut, aber das gab ihr noch lange nicht das Recht, sich ständig in ihr Leben einzumischen. Jenny hatte die Nase voll davon, immer bemuttert zu werden. Eve behielt ihre Meinung auch für sich, warum konnte Bobby also auch nicht mal einfach ihre Klappe halten? Sie hatte gespürt, wie unangenehm Grace Bobbys Verhalten gewesen war.

»Es tut mir leid«, sagte sie, während sie neben Grace den Weg zu ihrer Hütte einschlug. »Bobbys Kommentar. Sie weiß einfach manchmal nicht, wann es genug ist.«

»Schon okay.« Grace winkte ab. »Im Grunde liegt sie aber gar nicht so falsch, Jenny. Wir beide müssen uns darüber unterhalten, was wir erwarten. Ich werde nicht ewig hier sein ...«

»Nicht«, unterbrach Jenny sie. »Ich kann und will darüber nicht nachdenken, also sprich es nicht aus.«

Grace wirkte bedrückt. Jenny war sich durchaus bewusst, dass ihre Beziehung, oder wie auch immer man das nennen wollte, nichts Dauerhaftes war. Grace musste zurück in ihr Leben. In ein völlig anderes Leben, in eine andere Welt, in die Jenny nicht hineinpasste.

»Auch wenn du es nicht hören willst, aber wir

brauchen Klarheit.« Grace war vor Jennys Hütte stehengeblieben. Im Mondlicht wirkte sie fast wie eine stolze Amazone. Ihr Gesicht war ernst, die Haltung steif. Eigentlich war sie genauso, wie am Anfang: unnahbar und kühl. »Ich habe dich wirklich gerne, Jenny, und ich möchte nicht, dass du dich ausgenutzt fühlst.«

Ein kurzes, bitteres Auflachen entwich Jennys Lippen.

»Ich kann nicht hierbleiben, das ist dir klar, oder?«, redete Grace weiter. »Das was wir hatten ... haben ..., bedeutet mir sehr viel. Ich habe noch nie eine Frau wie dich getroffen, aber ich bezweifele, dass es für uns eine Zukunft gibt.«

*Ich hatte sie gebeten, es nicht auszusprechen,* dachte Jenny. *Ich hatte sie, verdammt noch mal, darum gebeten!* Aber die Worte waren gesagt worden. Sie hingen in der Luft, waberten über Jennys Kopf. Schwer wog die Gewissheit, wie Dolchstiche bohrten sie sich in ihr Herz. Sie wünschte sich, die Zeit zurückdrehen zu können. Nur eine halbe Stunde, damit Bobby dieses Thema nicht ansprechen konnte und diese Worte nie gesagt wurden. Doch das waren sie und Grace konnte sie nicht zurücknehmen.

»Ist schon okay«, antwortete sie nach einer Weile. »Ich hatte nicht gedacht, dass du dich hier häuslich niederlässt.« *Aber auch nicht, dass du so schnell einen Schlussstrich ziehen willst,* fügte sie in Gedanken hinzu. »Hey, wie lange kennen wir uns jetzt?« Sie versuchte, locker zu klingen, obwohl ihre Kehle zugeschnürt war. »Ich denke selten nach so einer kurzen Zeit an eine feste Beziehung.« Sie schluckte, ehe sie Grace in die Augen sah.

»Wir halten es locker? Schaffst du das?«

»Ich bin kein Kleinkind, Grace. Lass uns genießen, was wir haben und alles Weitere wird sich zeigen. Kommst du mit rein?«

»Nein.« Grace stieß sich von der Wand ab, an der sie gelehnt hatte, drückte Jenny einen Kuss auf die Stirn und wandte sich zum Gehen. »Ich muss noch für Eve was zusammensuchen und du solltest schlafen. Morgen musst du wieder arbeiten. Gute Nacht, Jenny.«

»Gute Nacht«, sagte Jenny leise, als Grace schon längst bei ihrer eigenen Behausung angekommen war.


Am nächsten Tag hatte Jenny wieder alle Hände voll zu tun. Grace war ihr aus dem Weg gegangen und auch abends nicht in ihre Hütte gekommen. Montagmorgen sah Jenny sie kurz, wie sie joggen ging, aber auch da hielt sie Abstand ein. Jenny hatte gedacht, sie könnten die ihnen verbleibende Zeit genießen, auch wenn es den nahenden Abschied schwerer machen würde. Es war ihr egal! Sie wollte jede Minute mit Grace ausnutzen, auch wenn das am

Ende viel Leid bedeutete. Scheinbar sah Grace das nicht so. Sie hatte alles beendet, bevor es richtig losging. Dabei war sich Jenny sicher gewesen, dass zwischen ihnen mehr war, als das Verlangen, miteinander ins Bett zu gehen. Vielleicht könnte sie mit nach Houston gehen? Eventuell täte ihr ein Tapetenwechsel ganz gut. Doch dann sah Jenny sich um. Blickte über die Felder und Weiden, hörte das Wiehern der Pferde - nein, sie konnte all das nicht verlassen! Genauso wenig wie Grace hier leben konnte, konnte sie nicht in einer Großstadt existieren. Beth hatte Frühstück gemacht und in der Küche warteten die Arbeiter auf ihre Anweisungen. Irgendwo im Haus heulte Eddy schon wieder - wie fast jeden Morgen. Jenny verdrehte die Augen.

»Du kleiner Morgenmuffel, stell dich nicht immer so an«, rief sie die Treppe zum Kinderzimmer hinauf. »Jeden Morgen dasselbe Theater«, sagte sie, als Beth den Kopf aus der Küchentür streckte.

»Na, du bist ja heute ein Sonnenschein. Komm, trink erst mal Kaffee.«

Jenny begrüßte die Arbeiter, gab ihnen kurz Anweisungen und genoss dann die letzten paar Minuten, bevor auch sie sich an die Arbeit machen musste.

»Wo ist Jack?«, fragte sie plötzlich.

»Keine Ahnung.« Beth zuckte mit den Schultern, zeitgleich runzelte Jenny die Stirn.

»Kam er gestern Abend überhaupt nach Hause?«

»Wer?« Eve trat in die Küche, im Schlepptau die beiden Nervensägen. Eddy streckte Jenny beleidigt die Zunge raus.

»Jack«, gab Jenny zurück und zog in Eddys Richtung eine Grimasse.

»Du bist doof«, schniefte Eddy. »Ich geb dir nix von meiner Torte nächste Woche ab.«

»Heulkinder bekommen keine Torten«, neckte Jenny die Kleine, die sofort wieder eine beleidigte Schnute zog.

»Sie will nicht in den Kindergarten, weil sie lieber mit Grace spielen will«, mischte sich Amy ein und krabbelte auf Jennys Schoß.

»Grace muss arbeiten, Kröte.« Jenny lächelte Eddy versöhnlich an. »Vielleicht spielt sie heute Nachmittag mit dir.«

»Aber du darfst nicht dabei sein!«

»Werde ich nicht. Sie findet das bestimmt total klasse, wenn du ihr deine vielen Barbies zeigst.« Sie grinste Eve über Amys Kopf hinweg an. »Also, hat irgendwer Jack gesehen?«

»Nein.« Eve schüttelte den Kopf, während sie den Kindern Kakao eingoss. »Er hat sich gestern nicht bei mir gemeldet.«

»Na, sehr schön.« Jenny seufzte. »Ich brauche ihn heute dringend. Dann muss ich wohl mal in seiner Hütte nachsehen, vielleicht liegt er noch im Bett.« Sie hob Amy vom Schoß, schnappte sich ihren Hut und lief aus dem Haus. Unterwegs traf sie auf Grace und stieß fast mit ihr zusammen.

»Hast du Jack gesehen?«

»Nein«, antwortete Grace und blieb stehen. »Gestern auch nicht, wenn ich so darüber nachdenke. Müssen die Kids sich nicht eigentlich bei Eve anmelden, wenn sie aus dem Wochenende zurückkommen?«

»Ja und genau das hat er nicht getan. Ich bin auf dem Weg zu seiner Hütte.«

Ungefragt begleitete Grace sie und darüber war Jenny dankbar. Sie hoffte, dem Jungen war nichts passiert, das würde Eve nicht aushalten. Sie hatten genug Ärger in der letzten Zeit.

Seine Türe war nicht verschlossen. Die Frauen nickten kurz in Mister Carters Richtung, der soeben seine Hütte verließ.

»Ist was mit Jack?« Neugierig kam er näher.

»Wissen wir nicht, deswegen sehen wir nach.« Jenny warf einen Blick ins Innere und seufzte. »Er ist nicht hier und war es scheinbar die ganze Nacht nicht. Mister Carter, sind Sie so nett und geben Eve Bescheid. Sie soll seinen Vater anrufen.«

»Natürlich.« Der Lehrer eilte davon und die Frauen betraten die Hütte.

Grace nahm alles ganz genau unter die Lupe und Jenny beobachtete sie dabei. Sie mochte es, wie akribisch und professionell Grace jedes Detail untersuchte und erkannte. Automatisch stellte sie sich Grace in Uniform vor. Auch wenn ihre Einsätze bei der Army ein Trauma für sie gewesen waren, hatte sie in der Uniform bestimmt heiß ausgesehen.

»Das ist mir beim letzten Mal gar nicht aufgefallen«, sagte sie plötzlich.

»Beim letzten Mal? Also hast du damals nicht nur ein Buch zurückgebracht, als ich dich erwischt habe.«

»Nun ja ... ich hatte einige der Hütten direkt nach meiner Ankunft untersucht«, gab Grace zähneknirschend zu.

»Du hast geschnüffelt, nenn es doch beim Namen. Bei mir etwa auch?«

Grace hob entschuldigend die Schultern.

»Ihr wart erst mal alle verdächtig, da konnte ich keine Rücksicht auf Befindlichkeiten nehmen.«

»Natürlich nicht«, antwortete Jenny sarkastisch. »Zeig, was hast du gefunden?«

»Hier.« Grace deutete auf eine lose Fußleiste hinter dem Bett. »Ich könnte schwören, das war letztens noch nicht - oder ich habe es übersehen.« Sie bückte sich, zog an der Leiste, die mit einem leichten Ruck nachgab und sich löste. Zum Vorschein kam ein Bündel Geldscheine. »Na, sieh mal einer an.«

Jenny starrte mit offenem Mund auf das Geld, welches Grace flüchtig durchzählte.

»Das sind fast zehntausend Dollar.« Sie warf das

Bündel auf den Kunststofftisch in der Küchenecke.

»Zehntausend Dollar? Woher hat er so viel Kohle?«
Jenny ließ sich auf den einzigen Stuhl fallen und
versuchte, ihre Gedanken zu ordnen. »Grace ... er
bekommt hier zwar einen kleinen Lohn, aber das
kann er unmöglich davon gespart haben.«

»Ich weiß.« Grace fuhr sich durchs Haar.

»Was meinst du? Drogengeschäfte? Autoradios
klauen?«

»Oder Mädchen entführen!«, meinte Grace, ohne
die geringste Emotion.

Sie saßen mit Eve und Bobby am Küchentisch.
Niemand wollte glauben, dass Jack etwas damit zu
tun hatte und Eve weigerte sich, ihn vorschnell zu
verurteilen.

»Das kann sonst was sein«, sagte sie. »Jack ist
bestimmt kein Heiliger, aber das ... NEIN!«

»Hast du mit seinem Vater gesprochen?«, fragte
Jenny und beobachtete, wie Bobby Eves Hand
gegriffen hatte und sie beruhigend streichelte. *Das
will ich auch,* schoss es ihr plötzlich in den Kopf. *Ich
will, dass Grace mich beruhigt, mir sagt, dass alles gut
wird!* Doch nichts dergleichen geschah. Im Gegenteil.
Grace nahm kaum Notiz von ihr, vielmehr war sie
jetzt ganz FBI-Agentin.

»Ja«, sagte Eve jetzt.

»Was hat er gesagt? Eve, bitte sagen Sie mir genau, was er gesagt hat«, forderte Grace.

»Dass Jack am Freitag nach Hause kam, abends aber ausging.« Eves Augen schwammen in Tränen. »Jacks Mutter starb vor ein paar Jahren, seitdem kümmert sich der Vater und die Großmutter um ihn. Na ja, nicht mit Erfolg. Mister Brown hat so seine Probleme mit Alkohol und die Großmutter ist dement. Im Grunde war er immer auf sich gestellt und wurde deswegen auch kriminell. Soweit ich weiß, geht Mister Brown keiner geregelten Arbeit nach, und wenn, dann kann es nicht viel einbringen.«

»Ich bauche die Adresse!« Grace war unerbittlich. Sie nahm keine Rücksicht darauf, dass Eve völlig am Ende war.

»Natürlich.« Eve wirkte fahrig, als sie sich erhob und die Küche verließ. Als sie wiederkam, drückte sie Grace einen Zettel mit der Adresse in die Hand.

»Danke. Ich werde mich dort mal umsehen.«

»Ich komme mit«, sagte Jenny spontan. »Ich kenne Jack besser als du.«

»Nein«, widersprach Grace, doch Jenny blieb stur.

»Ich werde mitkommen, ob es dir passt oder nicht! Leg mir doch Handschellen an, aber abhalten wirst du mich nicht.« Sie funkelten sich einen Moment lang an, bis Grace endlich nachgab.

»Okay, aber du bleibst im Wagen, verstanden?«

»Jawohl, Mam.« Jenny salutierte feixend und lief

Grace nach, die schimpfend zu ihrem Wagen ging. Während der Fahrt sprachen sie nicht ein Wort. Jenny hatte klitschnasse Hände vor Nervosität. Sie wollte nicht glauben, dass der Junge etwas damit zu tun hatte, in dieser Hinsicht war sie ganz auf Eves Seite. Grace schien das anders zu sehen. Ihre Lippen waren zu einem Strich zusammengepresst, ihre Kiefer mahlten und die hohen Wangenknochen waren noch ausgeprägter. Sie wirkte hart und unnachgiebig und hätte Jenny nicht gewusst, dass es auch eine völlig andere Seite an ihr gab, hätte sie sich vor Angst wahrscheinlich in die Hosen gemacht. Natürlich war ihr klar, dass Grace in ihrem Job keine halben Sachen machen konnte und respekteinflößend auftreten musste, dennoch mochte sie diesen Wesenszug nicht sonderlich. Grace machte in diesen Momenten nämlich keinen Unterschied. Sie war ebenso kalt zu den Verdächtigen, wie auch zu Jenny.

»Bleib im Wagen«, wiederholte Grace eindringlich, als sie den Wagen etwas abseits vom brownschen Haus zwischen Wacholdersträuchern parkte. »Hast du das verstanden?«

»Du hast kein Kind vor dir, Grace, also spar dir dein oberlehrerhaftes Verhalten. Ich kenne Jack und er vertraut mir. Ich sollte mit ihm reden. Du verschreckst ihn noch mit deiner Holzhammerart.«

»Zwing mich nicht, dich ans Lenkrad zu fesseln! Ich meine es ernst!«

»Ich auch!« Trotzig warf Jenny den Kopf in den Nacken und hatte die Autotüre bereits geöffnet, doch Grace griff nach ihrer linken Hand und zog sie zurück. Das kalte Metall der Handschellen legte sich um ihr Handgelenk und schnappte mit einem leisen Klicken zu.

»Willst du mich verarschen?« Aufgebracht funkelte Jenny Grace an und zerrte an den Handschellen.

»Es ist zu gefährlich. Das ist eine offizielle Ermittlung, dabei haben Zivilisten nichts verloren.«

»Grace, ich schwöre dir, ich ...«

Die Autotür fiel ins Schloss. Grace entfernte sich vom Wagen, während Jenny sich fast den Arm auskugelte, um die verdammten Handschellen loszuwerden.

»Fick dich, Grace«, rief sie, als ein stechender Schmerz durch ihren Arm jagte.

# Kapitel 14

Das Holster war bereits geöffnet, die Hand lag an der Glock, als sich Grace langsam dem Haus näherte. Sie war auf alles vorbereitet, schon deshalb, weil die Umgebung und Jacks Elternhaus alles andere als einladend wirkten. Sie registrierte die drei Schrottautos, die vor der Garage standen. Ebenso die ausgetretenen Stufen, die zur Veranda führten und die eingerissenen Fliegengitter vor den Fenstern. Die Mülltonne quoll über, daneben lag ein ansehnlicher Berg leerer Wodka- und Whiskeyflaschen. Billigster Fusel, wie sie feststellte. Rund ums Haus waren Beete, in denen jedoch außer jeder Menge Unkraut nichts wuchs. Das Haus selber wirkte marode und heruntergekommen. Als sich Grace auf die Türe zubewegte, hörte sie aus dem Inneren Stimmen, die wohl von einem Fernseher stammten. Sie klopfte und wiederholte den Vorgang energischer, als sich nichts rührte. Nach einigen Sekunden vernahm sie schlurfende Schritte und es wurde geöffnet.

»Ja?«

Ein ungepflegter Kerl, Mitte vierzig, mit ungewaschenen Haaren, einem fleckigen Unterhemd und einem roten, aufgedunsenem Gesicht, stand ihr gegenüber. Seine Finger waren gelb von Nikotin und seine Augen wirkten wie die eines alten, gebrochenen Mannes.

»Mister Brown?«

Der Mann nickte.

»Agent Grace Lewis, FBI.« Weiter kam Grace nicht. Der eben noch krank wirkende Mister Brown entwickelte urplötzlich Superkräfte. Er stieß Grace zur Seite, preschte an ihr vorbei und sprintete Richtung Garage.

»Was zum ...!« Grace zog ihre Waffe und folgte *Superman*. »Stehenbleiben!«, brüllte sie.

Mister Browns Kräfte schienen nur von kurzer Dauer. Noch ehe er die Straße erreichte, stolperte er, fing sich wieder, doch sein Tempo hatte sich verlangsamt, sodass Grace ihn mühelos einholte und überwältigte. Sie steckte die Waffe zurück ins Holster, während sie ihn mit einem Knie zu Boden drückte. Sein Atem rasselte.

»Was wollen Sie?«, stieß er zwischen zwei Hustenanfällen hervor.

»Bis eben nur reden. Aber ihr Wettlauf deutet daraufhin, dass Sie ein Problem mit der Justiz haben.« Grace half ihm auf die Beine, behielt einen seiner Arme aber fest im Griff. »Vorwärts.« Sie stieß Mister Brown in die Richtung des Mietwagens.

»Ich habe überhaupt keine Probleme«, japste er. »Das war bloß ein Reflex. Sagen Sie doch endlich, was Sie wollen.«

»Ihren Sohn!« Am Auto angekommen, warf Grace Jenny den Schlüssel für die Handschellen durch das geöffnete Fenster zu. »Mach dich los, ich brauche die Dinger für Mister Brown.«

»Zum dritten Mal, Agent, ich weiß nichts von irgendwelchem Geld und schon gar nichts über eine Entführung.« Mit zittrigen Finger hielt Mister Brown eine selbstgedrehte Zigarette, von der er immer wieder einen tiefen Zug nahm. »Der Junge hat mit Sicherheit Dreck am Stecken, aber so was ...? Nein. So abgewichst ist nicht mal der.«

»Und dennoch lag das hier ...« Grace knallte ihm das Geldbündel vor die Nase, » ... in seinem Zimmer. Wo ist er, Mister Brown?« Er wusste etwas, da war Grace sich sicher.

»Ich weiß es nicht! Seit seine Mutter tot ist, macht der Bengel, was er will.«

Grace schlug mit der flachen Hand auf den Tisch. Sie saßen im Haus der Browns an einem schmuddeligen Küchentisch. Grace schüttelte sich innerlich und sehnte sich nach einer Flasche Desinfektionsmittel.

»Zum Teufel noch mal, denken Sie, Sie können Ihren Sohn schützen?« Sie war aufgebracht, doch plötzlich spürte sie eine Hand auf ihrer Schulter.

»Mister Brown«, sagte Jenny, die die ganze Zeit etwas abseits gestanden und das Gespräch verfolgt hatte, »Jack wird nichts geschehen, aber Sie machen es nur noch schlimmer, wenn Sie uns nicht sagen, wo er ist. Denken Sie doch an die Mädchen. Das sind noch Kinder. Wenn Jack nichts damit zu tun hat, gut. Ich persönlich kann es mir auch nicht vorstellen. Aber wenn doch, dann sollten wir darüber schnellstmöglich Kenntnis haben, um die Mädchen zu retten. Sie sind doch selbst Vater. Geben Sie uns irgendwas, nur einen kleinen Hinweis, wo er sich aufhalten könnte.«

Bewundernd sah Grace zu Jenny hoch. Sie besaß diese Art, mit Menschen zu reden, sodass die ihr ihre dunkelsten Geheimnisse anvertrauten. Das hatte bei ihr selbst auch funktioniert, denn Grace ging normalerweise sparsam mit Informationen aus ihrem Privatleben um. Sie wären ein gutes Team. Guter Bulle, böser Bulle. Sie wandte sich Mister Brown zu, als der sich endlich entschieden hatte, zu reden.

»Sie waren immer gut zu Jack, Jenny, das hat er immer gesagt.« Er drehte sich eine neue Zigarette. »Er ... Wir sind dankbar, dass er diese Chance bekommen hat, anstatt in den Knast zu gehen, aber ... Na ja, Sie sehen ja selbst, wie es hier aussieht. Ich habe mein Leben schon versaut und bin ein Versager, das wollte ich nicht für den Jungen.« Eine belegte Zunge schnellte zwischen den rissigen Lippen hervor und befeuchtete das Zigarettenpapier. Grace reichte ihm Feuer. »Da war dieser Kerl, Latino, Mexikaner glaub ich, den hat Jack in Tulsa kennengelernt. Mein Jack ist ein gutaussehender Bursch, hat er von seiner

Mutter geerbt. Lucy war auch hübsch, als sie jung war.« Grace überkreuzte ungeduldig die Beine. Sie hatten keine Zeit, um in Erinnerungen zu schwelgen.

»Dieser Typ hat gemerkt, dass Jack bei den Wei ... Frauen gut ankam, also machte er ihm einen Vorschlag. Er sollte ihm Mädchen verschaffen, wozu, davon hatte er keine Ahnung. Er hat aber immer nur die genommen, die sowieso leicht zu haben waren. Darauf hat er geachtet.«

»Wie nobel«, sagte Grace spöttisch und hätte Mister Brown herzlich gerne ihre Faust ins Gesicht gerammt. »Er hat nie hinterfragt, was mit dem Mädchen geschieht? Und Sie auch nicht?«

Mister Brown schüttelte den Kopf, während er seine Zigarette ausdrückte.

»Man, das waren zehn Riesen und noch mal zehn, wenn er ihnen weitere Mädels liefert. So viel Geld ... das hätte er in drei Jahren nicht verdient. Er wollte hier raus, was ich gut verstehen kann. Meine Mutter liegt oben und braucht Medikamente, die ich ihr aber nicht beschaffen kann. Denken Sie allen Ernstes, ich wollte, dass Jack so ein Leben führt? Nein, ich wollte, dass er die Kohle nimmt und abhaut. Sich ein besseres Leben aufbaut. Sie können von mir halten, was Sie wollen, Lady, aber ich liebe meinen Sohn. Für mich ist es zu spät, aber Jack ist noch jung und hat noch alles vor sich.«

»Tja, jetzt hat er wohl einen langen Knastaufenthalt vor sich.« Grace erhob sich. »Wo ist er, Mister Brown?«

Mister Brown sah zwischen Grace und Jenny hin und her, dann seufzte er.

»Bei seiner Tante in Tulsa. Er war am Freitagabend im *All in* und dort wird geredet, Agent. Er wusste, wer Sie sind und hat die Flatter gemacht.«

Grace nickte kaum merklich, dann zückte Sie ihr Telefon und rief, nachdem sie sich Namen und Adresse von Jacks Tante hatte geben lassen, das Policedepartment in Tulsa an.

»Mister Brown, ich verhafte Sie wegen Beihilfe zum Menschenhandel. Sie haben das Recht zu schweigen. Alles, was Sie sagen, kann und wird vor Gericht gegen Sie verwendet. Sie haben das Recht auf einen Anwalt, wenn Sie sich keinen leisten können, wird Ihnen dieser vom Staat gestellt.«

Sie half dem, nach dem Geständnis in sich gesackten Mann, vom Stuhl auf und führte ihn ab.

Kapitel 15

Jenny hockte auf dem sandigen Boden vor dem brownschen Haus und wartete, dass Bobby sie abholte. Grace hatte Mister Brown in ihren Wagen verfrachtet und war mit ihm auf dem Weg zur Polizei. Sie wollte Jenny nicht dabeihaben. Ihrer Meinung nach, hätte sie schon nicht bei der Vernehmung dabei sein dürfen. Stattdessen hatte sie Jenny einfach an Ort und Stelle stehenlassen und hier stand sie immer noch in der heißen Mittagssonne und wartete wie ein vergessenes Schulkind, auf eine Mitfahrgelegenheit. Es waren Tränen geflossen. Jenny kannte Jack schon mehr als ein Jahr und konnte noch nicht glauben, dass er zu so etwas fähig war.

»Ach Jack«, murmelte sie.

Endlich tauchte Bobby auf, fast zeitgleich mit einem Krankenwagen, der die alte Misses Brown mitnehmen würde. Alles Weitere lag nun in den Händen der Polizei und den Behörden. Wahrscheinlich wurde Misses Brown in ein Heim verfrachtet und aufgrund ihrer Demenz würde sie nicht einmal wissen, was aus ihrem Sohn und dem Enkel geworden war. Irgendwie tat sie Jenny leid.

»Steig ein«, forderte Bobby.

»Nichts lieber als das.« Dieser Ort war gruselig und ab sofort war er auch verlassen.

»Ich kann es einfach nicht glauben«, wiederholte Eve immer und immer wieder, als sie etwas später zusammen in der Küche saßen und Kaffee tranken. »Hoffentlich findet die Polizei ihn jetzt endlich und dann ist der Spuk zu Ende.«

»Noch nicht ganz.« Jenny nahm sich einen Keks. »Er war nur das letzte Rädchen in einem ganz großen Getriebe«, erklärte sie so, wie es Grace ihr erklärt hatte. »Selbst wenn er der Polizei den Namen dieses Mexikaners gibt ... da stecken ganz andere Leute dahinter. Leute mit Geld. Leute mit Macht. Nicht auszumalen, in welche Hände die Mädchen da weitergereicht werden.« Eve und Bobby schüttelten sich beinahe gleichzeitig bei dem Gedanken.

»Bleibt nur zu hoffen, dass die armen Kinder noch in den USA sind.« Eve war am Ende ihrer Kräfte, das bemerkte nicht nur Jenny. Bobby nickte ihr flüchtig zu, dann überredete sie Eve, sich etwas hinzulegen. Erst als sie die Küche verlassen hatte, sagte Jenny:

»Sie werden nicht mehr in den USA sein. Zumindest nicht alle. Wahrscheinlich sind die Drahtzieher des Ganzen nicht mal Amerikaner. Das FBI ist schon lange an diesem Fall dran, doch bisher konnten immer nur die kleinen Fische geschnappt werden.«

»Du klingst schon fast selbst wie ein Bulle.« Bobby grinste schief. »Lass uns das Thema wechseln, ja? Ich wollte mich noch mal bei dir entschuldigen. Für die Einmischerei.«

»Schnee von gestern. Auf eine Art hattest du ja recht.«

»Hatte ich das?« Bobby räumte die leeren Tassen in die Spülmaschine.

»Ja. Grace wird nicht hierbleiben, nicht, dass ich das angenommen hätte, aber sie sieht auch keinerlei Grund, es auf irgendeine andere Art zu versuchen. Eine Fernbeziehung zum Beispiel. Ich meine, wir wären nicht das erste Paar, das eine führt, oder?«

Bobby setzte sich wieder an den Tisch. Die Arbeiter kümmerten sich um die Tiere, der Rest konnte bis morgen warten. Heute war niemandem nach Arbeit.

»Das wärt ihr nicht, aber hältst du das für erstrebenswert? Wie oft, denkst du, seht ihr euch dann? Zwei, maximal dreimal im Jahr? Grace ist nicht irgendeine Kassiererin im Supermarkt, Jenny. Sie hat einen wichtigen Job, einen verdammt wichtigen, wie wir aus erster Hand gerade erfahren.«

»Sie könnte sich versetzen lassen«, sagte Jenny leise.

»Findest du das nicht etwas egoistisch?«

»Dass du dich mal auf Graces Seite schlägst ...« Jenny lachte auf. »Du hast ja recht, Bobby. Du hast mit allem recht! Unsere Beziehung war nie eine. Ich hätte mir nur so sehr gewünscht, dass es eine wäre, verstehst du? Dass wir eine Zukunft hätten.«

»Dann geh mit nach Houston, Kleine.« Bobby tätschelte Jennys Hand und lächelte, wobei erste

Fältchen an ihren Augen sichtbar wurden. Sie konnte zwar besser mit emotionalem Stress umgehen als Eve, aber kalt ließ sie die ganze Sache auch nicht. Abgespannt sah sie aus und müde.

»Keine Chance, Hale. Auch wenn ihr mich manchmal alle in den Wahnsinn treibt, ich liebe euch mehr als Grace. Ihr seid meine Familie und man verlässt seine Familie nicht.«

»Ähm, eigentlich macht man das schon hin und wieder, das nennt man Abnabelung«, meinte Bobby ironisch.

»Du bist eine so dermaßen blöde Kuh.« Jenny lachte. »Mal im Ernst. Ich habe bereits andere Pläne und hoffe dabei auf eure Unterstützung. Aber darüber reden wir, wenn wir dieses unerfreuliche Kapitel abgeschlossen haben.«

## Kapitel 16

Mit gesenktem Kopf hatte Jack Grace im Verhörraum der Polizeiwache gegenüber gesessen. Sie hatte nicht lange gebraucht, um alles, was er wusste, aus ihm rauszubekommen. Er hatte wie ein kleines Kind geheult und sich gefühlt tausendmal entschuldigt. Er tat Grace leid und sie war froh, dass Jenny ihn nicht so sah. Natürlich wusste der Junge nicht, wer der große Boss des Mädchenhändlerrings war, aber immerhin konnte er ihr seinen Kontaktmann in Tulsa nennen. Miguel Santiano. Nachdem die Polizei den Namen hatte, waren mehrere Beamte sofort losgefahren, um den Kerl zu suchen. Er war kein Unbekannter, wie sich herausstellte, vorbestraft vor allem wegen Drogendelikten. Er wusste, wo die Mädchen »zwischengelagert« wurden, hatte Jack ausgesagt.

»Sagen Sie Eve, Bobby und auch Jenny, dass es mir leidtut, ja, Agent Lewis?«

Sie nickte und sah dabei zu, wie er abgeführt und in Untersuchungshaft gebracht wurde. Endlich hatte sie Zeit zum Durchatmen und gönnte sich einen Kaffee aus dem Automaten, dessen Geschmack sie an Altöl erinnerte.

»Sagt Ihnen unser Kaffee nicht zu, Agent Lewis?«, fragte der dunkelhäutige Chief, als er im Vorbeigehen ihren angewiderten Gesichtsausdruck sah.

»Ich nehme an, der steht auf keiner Liste heimischer, kulinarischer Köstlichkeiten, oder? Darf sich so etwas überhaupt Kaffee nennen?«

Der Chief lachte schallend.

»Wollen Sie beim Verhör des Mexikaners auch dabei sein, Agent?«

»Sicher.« Sie folgte ihm. »Ich werde mir ein Zimmer in der Stadt nehmen, so können Sie mich jederzeit erreichen, sobald Sie ihn haben.«

»Gut, gut. Wirklich gute Arbeit, die sie da geleistet haben, Agent. Wenn Sie mal die Nase voll vom FBI haben, wir könnten jemanden wie Sie gebrauchen.«

»Bieten Sie mir gerade einen Job an?« Grace warf den Plastikbecher, in dem sich noch ein Schluck des scheußlichen Gebräus befand, in den nächstbesten Mülleimer.

»Warum nicht? Vielleicht sind Sie dem Charme von Oklahoma verfallen. Also Agent, mein Angebot steht, sofern Sie irgendwann Interesse habe. Entschuldigen Sie mich jetzt bitte.«

»Natürlich«, sagte Grace in Gedanken. War das der Wink des Schicksales? Der mit dem sprichwörtlichen Zaunpfahl? Wäre das der Weg in eine Zukunft mit Jenny? Noch ehe sie weiter darüber nachdachte, hatte sie ihr Handy gezückt und tippte eine Nachricht an Jenny.

*Jack hat ausgepackt und befindet sich jetzt in U-Haft. Wir haben einen Namen und die Kollegen sind auf dem*

*Weg, den Mistkerl einzusacken. Ich lass dich wissen, wenn wir etwas aus ihm herausbekommen haben. Ich bleibe über Nacht in der Stadt, damit ich beim Verhör dabei sein kann.*

Eine Antwort ließ nicht lange auf sich warten.

*Danke, dass du uns informierst.*

Grace schluckte. Das war alles? Doch schon piepte ihr Mobiltelefon erneut.

*Soll ich dir frische Sachen bringen? Und eine Pizza? Natürlich nur, wenn du Gesellschaft möchtest.*

Grace grinste.

*Ja, ich hätte sehr gerne deine Gesellschaft, Cow Girl. Ich bin im South Broken Arrow.*

Nachdem sie ihre Pizza gegessen hatten - Grace ließ es mittlerweile um einiges gemütlicher angehen bei der Nahrungsaufnahme - zog Grace Jenny dicht an sich heran.

»Ich freue mich, dass du da bist.« Grace drückte ihr einen Kuss aufs Haar. Jenny duftete immer so gut. Nicht künstlich, es war ihr eigener Körperduft, den sie unheimlich anziehend fand. Warm, süß und irgendwie puderig. »Es war ein richtiger Scheißtag heute. Ich hasse es, wenn ich junge Menschen vor mir sitzen habe, die in den meisten Fällen in irgendetwas Dummes hineinschlittern und dann die Konsequenzen tragen müssen.« Sie seufzte.

»Wird Jack eine Jugendstrafe bekommen?« Jenny kuschelte sich näher an Grace heran.

»Das hängt vom Richter ab. Er ist fast achtzehn, also kein Kind mehr. Auf der anderen Seite wird wohl sein soziales Umfeld und der Tod der Mutter berücksichtigt werden. Und er war geständig, das ist ein weiterer Pluspunkt.« Wieder seufzte sie. »Wir werden abwarten müssen.«

»Ich hoffe, die Polizei findet diesen Mistkerl schnell. Und ich bete, dass sie Melanie finden und dass es ihr gut geht.«

»Das hoffen wir alle.«

Grace begann, Jennys Arm zu streicheln und spürte, wie sich darauf eine Gänsehaut ausbreitete.

»Jenny, ...« Sollte sie erzählen, was der Chief ihr vorgeschlagen hatte? Sie wollte nicht neue Hoffnungen wecken, die sie dann vielleicht doch nicht erfüllen konnte.

»Hm?«

»Ach nichts.« Jetzt war nicht der Zeitpunkt. »Sollen wir zu Bett gehen?«

»Bist du müde?« Jenny setzte sich kerzengerade auf. »Kein Wunder nach dem ...«

Grace brachte sie mit einem Kuss zum Schweigen.

»Ehrlich gesagt, bin ich alles andere als müde, Miss Porter. Mir ist nach ein wenig Entspannung.«

»Na, wenn das so ist, Agent Lewis ...« Jenny erhob sich grinsend, zückte ihr Handy, suchte Musik aus und bewegte sich langsam im Takt. »Lehnen Sie sich zurück und entspannen.«

Zu einer soften R&B Nummer, begann sie ihr Hemd aufzuknöpfen. Grace lächelte. Ernsthaft? Bekam sie jetzt den ersten Striptease ihres Lebens? *Ich verliebe mich noch in diese Frau,* dachte sie, während Jenny ihr den Rücken zugedreht hatte und sich mit wackelndem Po ihrer Shorts entledigte. Splitterfasernackt, nur noch die schwarzen Cowboystiefel an den Füßen, räkelte sich Jenny lasziv auf dem Bett und winkte Grace mit einem verführerischen Augenaufschlag zu sich. Grace ließ sich nicht lange bitten. Etwas Erotischeres hatte sie noch nie gesehen. Sie war so dermaßen angetörnt, dass sie am liebsten über Jenny hergefallen wäre. Aber sie zügelte sich. Wollte diesen Moment, der so perfekt war, hinauszögern.

»Du bist so herrlich durchgeknallt«, raunte sie Jenny ins Ohr, als sie sich neben ihr niederließ und es genoss, wie Jenny sie aufs Bett drückte, sich breitbeinig auf sie setzte und ihr seelenruhig die Kleider vom Leib schälte.

Grace machte in der Nacht kein Auge zu, während Jenny leise schnarchend und nackt neben ihr lag. Zu viele Gedanken kreisten in ihrem Kopf umher. Normalerweise litt sie nicht an Schlaflosigkeit, hatte sich gut im Griff und trennte Arbeit und Privatleben. Was sie ja gar nicht hatte, wenn man es genau nahm. Doch das war jetzt anders. Ihre Gefühle für Jenny wurden immer stärker. Mit jeder Minute, die sie zusammen waren, schlich sie sich mehr in Graces Herz. Dabei war sie immer der festen Überzeugung gewesen, dass das niemand schaffen würde. Wie sollte es nun weitergehen? Selbst wenn ... wie hieß dieser Mexikaner noch gleich ... selbst wenn er gefasst war, bedeutete das nicht, dass der Fall beendet war. Es würde weitergehen, es ging immer weiter. Ob überhaupt jemals die Köpfe hinter dem Ganzen gefasst wurden, stand sowieso noch auf einer ganz anderen Karte. Aber sie wollte nicht aufgeben. Es war ihr Fall, sie war von Anfang an dabei und sie wollte so viele von diesen Scheißkerlen hinter Gitter bringen wie möglich. Das bedeutete aber auch, dass sie unmöglich zur örtlichen Polizei wechseln konnte, selbst wenn es ihr schon jetzt das Herz brach, Jenny verlassen zu müssen.

Grace zog Jenny näher an sich heran. Ein wohliges Seufzen perlte von den Lippen der Schlafenden und sie lächelte. Noch nie hatte Grace so grandiosen Sex erlebt. Sich noch nie so wohl bei einer Person gefühlt. Sie spürte Jennys Busen an ihrem Arm. Die kleinen, harten Knospen, die sich gegen ihre Haut drückten und die in ihr erneut ein Feuer auslösten. Vielleicht könnte sie ...? War das fair, wo Jenny doch so selig schlummerte? Grace grinste in sich hinein, als sie sich vorsichtig von ihr löste und begann, die verführerischen Knospen zwischen ihre Lippen zu nehmen und daran zu knabbern. Jenny schlief unbeeindruckt weiter, schmatzte nur einmal kurz und drehte sich um.

»Das gibts doch nicht«, murmelte Grace.

Mit der Zunge umkreiste sie Jennys Bauchnabel und streichelte sanft ihren Oberschenkel, bis sie eine verräterische Feuchte spürte.

»Gut so, Kleine.« Fast schon schadenfroh lächelnd ließ sie ihre Zunge weiterwandern und als sie zum Zentrum vorstieß, wurde sie mit einem leisen Stöhnen belohnt. Immer noch in der Annahme, Jenny würde schlafen, ließ Grace ihre Zunge tun, was getan werden musste, bis sie ein Kichern vernahm.

»Echt jetzt? Wolltest du mir einen feuchten Traum bescheren?« Grace grinste, sah kurz auf und direkt in Jennys amüsiert blitzende Augen.

»Wenn du wach bist, macht es mehr Spaß.«

»Wenn dem so ist, bedien dich.« Jenny spreizte die Beine und ließ sich zurück ins Kissen sinken.

Nachdem sie sich noch ein zweites und drittes Mal geliebt hatten, war Grace doch noch eingeschlafen, bis sie von ihrem Handy geweckt wurde.

»Agent Lewis?«

»Ja.« Sie rieb sich verschlafen die Augen und stand gleichzeitig auf.

»Wir haben ihn.«

»Bin gleich da. Danke Chief.«

Mit einem letzten, wehmütigen Blick auf Jenny verschwand Grace ins Bad.

# Kapitel 17

Jenny gähnte ungeniert und strampelte die Bettdecke zur Seite. Was für eine Nacht! Sie lächelte unwillkürlich, als sie an Graces »Überfall« dachte. Diese Frau ... Jenny lief ein warmer Schauer durch den Körper. Sie war unsterblich verliebt, egal, ob sie sich das eingestehen wollte oder nicht. Der Sex mit Grace war großartig. Phänomenal. Überirdisch. Jenny fand keine Worte für das, was sie fühlte. Sie wusste nur, dass Grace es wert war, auf sie zu warten, selbst wenn sie sich nur ein paar Mal im Jahr sehen würden. Apropos ... wo war sie eigentlich?

Jenny erhob sich. Auf ihrem Nachttisch stand ein Becher Kaffee, davor ein Zettel.

*Bin auf dem Revier. Melde mich, sobald ich Luft habe. Die Nacht war traumhaft und ich vermisse dich schon jetzt.*

*Grace*

»Du bist meine Heldin«, murmelte Jenny, als sie nach dem Kaffee griff.

Als sie ihrem Körper das nötige Koffein zugeführt hatte, sprang Jenny schweren Herzens unter die Dusche, zog sich an und machte sich auf den Weg zurück nach Bird Creek. Jetzt hieß es abwarten, ob Grace die nötigen Informationen über den Verbleib der Mädchen bekam.

»Hast du heute Morgen Superkräfte, oder was?« Bobby wischte sich mit einem Tuch den Schweiß aus dem Gesicht. Sie half Jenny beim Aufstellen eines neuen Gatters.

»Scheint so.« Jenny grinste.

»Erzähl es mir bitte nicht.« Bobby verdrehte die Augen. »Ihr beide seid doch nicht normal. Redet ihr auch mal miteinander oder vögelt ihr ausschließlich?«

»Neidisch?«

»Auf Grace Lewis? Neee, danke.« Bobbys Miene verfinsterte sich.

»Falls du es genau wissen willst: Ja, wir unterhalten uns auch, und zwar oft sogar sehr tiefgründig. Aber was wir zwischendurch tun, ist ... hach, ich weiß auch nicht.« Jennys Blick wurde verklärt und sie lächelte wie eine verliebte Idiotin.

Bobby steckte sich einen Finger in den Hals und tat, als müsse sie sich übergeben.

»Ich sagte doch, ich will das nicht hören!«

»Dann frag auch nicht!«

»Mein Fehler.« Bobby wuchtete das Gattertor von der Ladefläche eines Trucks. »Gibt es denn schon Neuigkeiten?«

Jenny schüttelte den Kopf und half Bobby beim Tragen.

»Wie geht es Eve heute?«

»Hm.« Bobby zuckte mit den Schultern. »Sie

versucht, stark zu sein, aber ich sag dir, nach der ganzen Sache brauchen wir erstmal Urlaub. Ich mache mir langsam wirklich Sorgen um sie.« Sie setzten das Tor ab und Bobby wirkte plötzlich uralt. »Ich denke ... ich denke, sie sollte in Betracht ziehen, das Jugendprogramm zu schließen«, platzte sie heraus und lehnte sich ermattet an einen Pfahl.

»Um ehrlich zu sein, darüber habe ich auch schon nachgedacht.« Jenny pausierte ebenfalls. »Der ganze Stress - sie mutet sich einfach zu viel zu. Beth kann auch nicht mehr so oft für die Kids da sein und wenn Eve jetzt öfter auch noch den Haushalt schmeißen muss, weil es für Beth alleine zu viel wird, wird sie das nicht mehr lange durchhalten.«

»Ja, es ist alles zu viel.« Bobbys Blick schweifte in die Ferne. »Es klingt jetzt vielleicht blöd, aber manchmal wünschte ich mir, wir hätten ein anderes Leben. Sorglos und frei - so wie früher. Das Jugendprojekt war ... ist eine gute Sache, da gibt es nichts zu rütteln, aber meine Frau ist keine fünfundzwanzig mehr. Amy und Eddy kommen auch langsam in das Alter, wo sie mehr Aufmerksamkeit brauchen. Und dann bist da noch du ...« Sie sah Jenny eindringlich an.

»Was ist mit mir?«

»Na ja, so wie ich das sehe, entwickelt sich zwischen dir und Grace doch etwas Ernstes. Wenn du dann doch gehst ...«

»Zum letzten Mal: Ich werde nicht weggehen!«, fiel

Jenny ihrer Chefin ins Wort. »Nicht jetzt und auch nicht in einem Jahr.« Sie senkte den Blick.

»Aber?«

»Es gibt kein aber. Na ja, schon auf eine Art.«

»Spuck's aus.«

Sollte sie Bobby von ihren Plänen erzählen? Jetzt? Wo sie sowieso schon genug damit zu tun hatte, sich um Eve zu sorgen? Doch als sie Bobbys erwartungsvollen Blick sah, gab sie nach.

»Ich hätte gerne das Nachbargrundstück, unten am Fluss, um mir dort ein eigenes Haus zu bauen und mit einer Pferdezucht zu starten.«

Bobby nickte, nahm ihren Hut ab und fächerte sich damit Luft zu.

»Und das sollst du auch«, sagte sie aufrichtig. »Im Ernst, Jenny, du hast es verdient. Wir werden dafür eine Lösung finden, versprochen!«

»Ist nicht eilig.« Jenny winkte ab, nahm einen Schluck aus ihrer Wasserflasche und machte sich wieder an die Arbeit. »Einen Schritt nach dem anderen.«

Am Abend kam Grace zurück nach Bird Creek, mit den besten Nachrichten, die sie sich alle erhofft hatten. Beth hatte ein Abendessen aufgetischt, als erwartete sie eine Kompanie. Ihre Art, mit Stress umzugehen. Doch wirklich Appetit hatte niemand. Nicht einmal Jenny rührte die verlockenden Speisen an. Eve hielt sich krampfhaft an ihrer Kaffeetasse fest. Sie hatte sichtlich abgenommen. Es wurde Zeit, dass Bobby mit ihr sprach und sie endlich wieder zur Ruhe kamen.

»Santiano hat ausgepackt«, begann Grace. »Wir haben die Mädchen, Eve.« Sie wandte kurz den Blick ab, als Eve laut aufschluchzte und nach ihrer Hand griff.

»Agent ... Grace ... Ich weiß nicht ...« Ihre Stimme versagte.

»Geht es ihnen gut?«, übernahm Bobby das Reden, obwohl sie mindestens genauso fertig war wie Eve.

»Ja, sie sind wohlauf. Es waren insgesamt fünf Mädchen, also zumindest schon mal ein Teil. Der Rest ...« Sie ließ die grausige Gewissheit in der Luft hängen. Jeder konnte sich ausmalen, was mit den anderen passiert war.

»Weiß man, wer dahintersteckt?« Eve hatte sich einigermaßen wieder gefangen.

»Laut Santianos Aussage, ist es ein Russe namens Petrow. Ihn zu schnappen wird weit schwieriger werden, denn niemand kennt seinen Aufenthaltsort. Aber ich bleibe dran, versprochen. Melanie und die anderen werden derzeit im Krankenhaus untersucht und dann zu ihren Eltern gebracht. Es ist vorbei, Eve. Zumindest für Sie.« Grace ließ sich zu einem Lächeln hinreißen.

»Ich ... wir danken Ihnen von Herzen, Grace.«

Grace nickte und erhob sich.

»Wenn Sie mich dann bitte entschuldigen. Ich werde morgen abreisen und muss packen.«

In Jennys Magen verkrampfte sich alles. Das ging zu schnell. Grace hätte sie wenigstens vorwarnen können.

»Schon morgen?«, krächzte sie.

»Ja, meine Arbeit ist getan. Santiano wird ins Staatsgefängnis überstellt, bis zu seiner Verhandlung. Ich denke, er wird den Rest seines Lebens hinter Gittern verbringen, denn da geht wohl noch mehr auf seine Rechnung. Je schneller ich zurück in Houston bin, desto eher kann ich mit der Fahndung nach Petrow beginnen.«

Da war sie wieder. Die alte Grace. Kühl, distanziert und wie mit einem Holzhammer legte sie die Fakten auf den Tisch, ohne auf Jennys Gefühle zu achten. Ohne auch nur einen Gedanken daran zu verschwenden, wie es weiterging.

»Ich werde dir helfen.« Jenny erhaschte Bobbys Blick. Sie war wohl im Moment die Einzige, die wirklich wusste, wie es in Jenny aussah.

»Eigentlich gibt es nichts ...« Grace schaute Jenny in die Augen. »Gerne. Ich würde mich freuen, wenn du mir hilfst.«

Gemeinsam verließen sie das Haupthaus und liefen schweigend zu ihren Hütten. Erst als sie bei Grace angekommen waren, fand Jenny die Sprache wieder.

»Wieso muss deine Abreise so überstürzt sein? Hättest du nicht noch ein oder zwei Tage warten können?«

»Würde das etwas ändern?« Grace zog einen Karton unterm Bett hervor.

»Vermutlich ja. Ich hätte sehr gerne noch einmal mit dir besprochen, wie es jetzt weitergeht. Wo stehen wir, Grace?«

»Jenny ...« Grace dachte gar nicht daran, ihre Tätigkeit zu beenden und packte seelenruhig ihren Kram in den Karton. »Wir hatten das besprochen. Mehrfach! Im Moment kann ich nichts anderes tun, als zurück nach Houston zu gehen. Der Fall ist noch nicht abgeschlossen. Wir können in Kontakt bleiben und wer weiß, vielleicht kreuzen sich unsere Wege eines Tages wieder und dann haben wir eventuell ganz andere Voraussetzungen. Ich mag dich, sehr sogar. Aber ich habe keine Wahl.«

»Man hat immer eine Wahl«, gab Jenny zurück. »Du ziehst einfach keine andere Möglichkeit in Betracht. Ich dachte, zwischen uns sei mehr als bloße Sympathie. Warum bist du so kalt?«

»Das bin ich nicht, nur realistisch. Fernbeziehungen gehen nie gut. Und es ist mehr, Jenny. Aber ich kann mich nicht voll und ganz auf meinen Job konzentrieren, wenn ich dich in meinem Leben habe. Es hat seinen Grund, warum ich alleine lebe.«

»Also machst du Schluss?« Tränen schossen Jenny

in die Augen, die sie krampfhaft versuchte, zu unterdrücken.

Endlich drehte Grace sich zu ihr herum. Lag da so etwas wie Bedauern in ihrem Blick? Jenny konnte es nicht einordnen.

»Es ist besser so«, sagte Grace leise. »Wir beide ... das würde niemals funktionieren. Dafür sind wir zu verschieden.«

Jenny nickte und schluchzte einmal kurz auf. Gleichzeitig ließ sie ein bitteres Lachen hören. Noch nie hatte sie jemand derart verletzt. Ihre Welt hatte sich mit einem Schlag in einen Scherbenhaufen verwandelt und Grace trat noch nach.

»Okay.« Ihre Stimme war nicht mehr als ein Flüstern, obwohl sie am liebsten gebrüllt hätte. Es tat so weh. So verdammt weh! »Ich hoffe, du findest Petrow. Alles Gute, Grace.«

»Jenny ...« Doch Jenny hatte bereits die Türe zugeworfen und war in ihre Hütte gelaufen.

# Kapitel 18

Grace ließ sich aufs Bett sinken und atmete gegen das schmerzende Gefühl in ihrem Magen an. Noch nie war ihr im Leben etwas so schwergefallen, doch es war die richtige Entscheidung. Sie würde höchstwahrscheinlich erneut undercover gehen müssen und sie konnte niemanden in ihrem Leben gebrauchen, um den sie sich Sorgen machte. Sie hätte es nicht verkraftet, wenn Jenny oder den beiden Mädchen etwas zustieß. Wenn sie daran dachte, dass womöglich Amy oder Eddy in die Fänge dieser Kerle gelangt wären, drehte sich ihr der Magen um. Sie hatte Eve und den anderen die unschönen Details erspart, die Santiano offenbart hatte. Jenny nannte sie kalt, doch es war reiner Selbstschutz. Wie sonst sollte sie nicht verrückt werden, bei dem, was sie täglich bei ihrer Arbeit sah und hörte?

Die fünf geretteten Mädchen hatten Glück gehabt, dass sich bisher kein »Käufer«, ja genau so hatte es Santiano genannt, gefunden hatte. Noch nicht. Die anderen Mädchen, die in Texas entführt worden waren, wurden in die ganze Welt verschifft. Asien, Russland und sogar Europa - Grace hätte sich übergeben können. Die Masche war immer dieselbe. Gutaussehende Jungs, etwa in Jacks Alter, wurden angeheuert, um auf Mädchenfang zu gehen. Mädchen wie Melanie, die einen gewissen Ruf hatten.

Zum Glück war Amy nicht in diesem Alter.

Oder Eddy.

Wann war dieser Zeitpunkt eingetreten, an dem sie sich um Kinder sorgte? An dem sich Amy und besonders Eddy in ihr Herz gestohlen hatten? An dem sie mit Schrecken an ihr Leben in Houston dachte und nichts lieber auf der Welt tun würde, als für immer und ewig bei Jenny zu bleiben? Aber für sie war kein Platz in Graces Leben. Noch nicht. Vielleicht irgendwann. Oder nie.

»Ich nehme den Flug um elf Uhr, Hank. Und dann komme ich direkt ins Büro und wir besprechen alles.«

»Nimm dir doch erst mal einen Tag Zeit, um anzukommen und dich auszuruhen, Gracie«, antworte Hank Ribera am anderen Ende des Telefons.

»Wovon ausruhen? Vom Vogelgezwitscher? Von dieser Einöde hier?« Ein Stich fuhr durch ihr Herz, als sie diese Worte aussprach.

»Schon gut, schon gut. Ich werde dich mit Arbeit vollpacken, damit du dich wohlfühlst. Um ehrlich zu sein, hegte ich die Befürchtung, du hättest dir dort einen reichen Rinderfarmer geangelt.« Ribera lachte und Grace zuckte zusammen.

»Schwachsinn. Was soll ich wohl mit so einem Cow Boy anfangen?«

»Cow Boy, Cow Girl - was weiß ich.« Grace konnte ihn förmlich grinsen hören. Hatte der Mistkerl sie durchschaut? Sie räusperte sich übertrieben, ehe sie das Thema wechselte.

»Wie dem auch sei. Den Polizeibericht und das Vernehmungsprotokoll bringe ich dir morgen mit. Machs gut, Hank. Wir sehen uns morgen.« Sie drückte Gespräch weg.

Grace hievte ihren Koffer in den Kofferraum - das war`s. Der Abschied war gekommen. Sie hätte gerne noch einmal mit Jenny gesprochen, doch die hatte es vorgezogen, ihr aus dem Weg zu gehen. Verübeln konnte Grace es ihr nicht. Sie kontrollierte noch ein letztes Mal ihre Hütte, nickte Mister Carter zum Abschied zu und fuhr dann auf den Parkplatz vor dem Haupthaus. Eve und Bobby standen vor der Türe.

»Wir wünschen Ihnen alles Gute, Grace. Lassen Sie von sich hören.« Dankbar und aufrichtig schüttelte Eve Graces Hand, bevor sie sich anders entschied und ihr um den Hals fiel. Grace zuckte einen Schritt zurück, ließ es dann aber zu und erwiderte steif die Umarmung.

»Danke«, sagte Eve. »Passen Sie auf sich auf.«

»Sie auch.« Sie lächelte, als sie sich voneinander trennten. »Miss Hale.« Sie nickte Bobby zu, die ihr mit finsterer Mine die Hand hinhielt.

»Ich bin Ihnen dankbar, Agent Lewis, aber Sie sollten sich vielleicht noch mal überlegen, ob Sie das hier wirklich so einfach hinter sich lassen wollen.«

Grace konnte ihr den Kommentar nicht verübeln. Bobby würde nie etwas anderes tun, als sich für die, die sie liebte, einzusetzen. Auch wenn sie damit zuweilen Grenzen überschritt. Zwar hasste Grace jegliche Einmischung in ihr Leben, kam aber nicht umhin, Bobby für diese Eigenschaft zu bewundern. Und insgeheim wünschte sie sich, sie hätte auch jemanden, der so für sie einstand.

»Das werde ich, versprochen«, antwortete Grace jetzt und wandte sich ab. Bevor sie allerdings den Wagen erreichte, hörte sie, wie jemand ihren Namen brüllte. Sie drehte sich noch einmal um und sah Eddy, die mit fliegenden Haaren und einem Blatt Papier auf sie zustürmte.

»Grace, warte. Ich habe ein Bild für dich gemalt.«

Grace ging in die Hocke und bemerkte die tränenfeuchten Wangen der Kleinen.

»Musst du denn wirklich heute schon weg? Dann bist du gar nicht bei meinem Geburtstag dabei.« Eddy sah Grace mit großen Hundeaugen an.

*Verdammt*, ging es Grace durch den Kopf. *Ich habe tatsächlich ihren Geburtstag vergessen und nicht mal ein Geschenk.*

»Ja, leider.« Sie nahm Eddy das Bild aus der Hand. »Weißt du, es gibt da ein paar ganz wichtige Dinge, die ich erledigen muss.«

»Weiß schon, du bist Polizistin und sperrst Leute ins Gefängnis.«

»Ja, so etwas in der Art.« Grace schmunzelte und schaute sich dann das Bild genauer an.

»Guck«, sagte Eddy und tippte auf das Papier. »Das bist du und du sperrst gerade jemanden ein. Da bist du mit Jenny und ihr küsst euch.« Sie kicherte und Grace wurde rot bis an die Haarwurzeln. »Und das bist du, Amy und ich mit unserem Weihnachtsbaum. Kommst du uns an Weihnachten besuchen?«

»Mal sehen ... Ja, natürlich«, fügte sie hinzu, als sie Eddys erwartungsvollen Blick bemerkte. »Ich muss jetzt los, Kleine. Sonst verpasse ich das Flugzeug.« Sie nahm sich vor, sobald sie zuhause war, ein Geschenk für Eddy zu besorgen und es per Express zu verschicken.

»Okay«, sagte Eddy und es klang ungewöhnlich abgeklärt. Mit gesenktem Kopf reichte sie Grace die kleine Hand, doch statt sie anzunehmen, zog Grace sie in die Arme. Bei Eddy brachen die Schleusen und sie schniefte in Graces T-Shirt.

»Ich komme wieder, versprochen. Noch vor Weihnachten.«

# Kapitel 19

Sie hatte Grace nachgesehen, bis der Wagen vom Hof gefahren war. Jennys Körper fühlte sich seltsam taub an. Leer. Dumpf. Wie konnte Grace einfach so gehen? Sie wusste, dass sie nicht zurückkommen würde, warum auch? Sie hatten Schluss gemacht und schon bald hätte Grace auch Eddy vergessen.

Jenny drückte den Rücken durch und erinnerte sich an die Massage, die Grace ihr verpasst hatte. Damals dachte sie, Grace sei zu keinerlei Gefühlen fähig. Und auch jetzt fragte sie sich, ob alles nur ein Spiel gewesen war. War Grace wirklich so abgebrüht und hatte sich einfach nur sehr gut verstellt? Nein, beantwortete sich Jenny ihre eigene, stumme Frage. Grace hatte eine warmherzige Seite, die sie aber unterdrückte. Warum sah sie nicht ein, dass ihr einsames Leben sie unglücklich machte?

»Jenny.«

Sie zuckte zusammen, als sie Bobbys Stimme hörte. Es war an der Zeit, wieder ein normales Leben zu führen. Grace zu vergessen und sich der Arbeit zu widmen. Arbeit half immer! Froh über die Ablenkung, eilte sie zu Bobby, um bei den Vorbereitungen für Eddys Party zu helfen. Doch so sehr sie sich bemühte, es dauerte eine gefühlte Ewigkeit, bis sie nicht mehr täglich an Grace dachte.

Zwei Monate später erhielt Jenny eine kurze Textnachricht von Grace.

*Petrow ist nach Europa geflüchtet, es ist jetzt Sache von Interpol. Aber wir konnten drei weitere Männer verhaften, die darin verwickelt waren und haben weitere Lager ausgehoben, in denen Mädchen auf ihren Abtransport warteten. Das Eis wird verdammt dünn für diese Bande und die Schlinge zieht sich immer mehr zu. Gruß, Grace.*

»Noch unpersönlicher ging´s wohl nicht?«, murmelte Jenny.

Sie hatte sich weder an Eddys Geburtstag gemeldet, noch gab es irgendein anderes Lebenszeichen von ihr in den vergangenen Wochen. Jenny hatte das Thema Grace abgehakt. Endlich! Ein für allemal. Sollte sie jemals so etwas wie Hoffnung in sich getragen haben, dass Grace es sich anders überlegen könnte, begrub sie diese jetzt endgültig.

Beim Abendessen teilte sie den anderen mit, was sie erfahren hatte - genauso emotionslos, wie die Nachricht selbst. Eve und Bobby waren erleichtert, dass diese schreckliche Episode endlich hinter ihnen lag. Das Jugendprojekt wurde eingestellt, auch wenn Eve es nur schweren Herzens aufgab. Aber die Vorkommnisse hatte bei allen Spuren hinterlassen und Eve musste einsehen, dass sie nicht mehr alles stemmen konnte.

»Wir wollen übrigens etwas mit dir besprechen.« Eve und Bobby lächelten sich geheimnisvoll zu. »Es wird in Zukunft einige Veränderungen geben«, fuhr Bobby fort.

»Personell?« Jenny wischte sich den Mund an einer Serviette ab.

»Nicht nur. Wir haben beschlossen, uns zu verkleinern. Eve hat das durchgerechnet. Auch mit weniger Land und weniger Rindern, können wir gut leben, haben aber wesentlich mehr Zeit für die Familie. Eve wird weiterhin die Praxis betreiben, aber alles andere wird reduziert.«

»Oh«, machte Jenny.

»Wir haben bereits einen Käufer für die hintere Weide. Und dann ist da noch das da.« Bobby legte Jenny ein Schriftstück unter die Nase.

»Ich verstehe nicht ...« Jenny überflog das Geschreibsel. »Warum pachtet ihr neues Land, wenn ihr euch verkleinern wollt?«

»Brauchst du eine Brille? Guck doch mal genau hin.« Energisch tippte Bobby mit dem Zeigefinger auf das Papier.

Erst jetzt wurde Jenny klar, was sich da ansah. Dort stand ihr Name. Das war ein Pachtvertrag auf ihren Namen für das Grundstück am Fluss.

»Was um Himmels willen ...? Das kann doch nicht euer Ernst sein.« Sie grinste wie ein Honigkuchenpferd.

»Wir haben uns das so vorgestellt«, mischte sich Eve ein. »Du nimmst dein Erbe für Arbeiter, denn die wirst du brauchen. Und für Baumaterial für dein Haus, wobei du bestimmt Material von den Hütten verwenden kannst, denn so viele brauchen wir ja nicht mehr. Vom Verkauf der hinteren Weide kannst du dir zwei Stuten kaufen, das sollte für den Anfang reichen, damit du deine Zucht aufbauen kannst.«

Jenny ließ sich gegen die Stuhllehne sinken und suchte nach den passenden Worten.

»Ich werde euch jeden Cent zurückzahlen.«

»Wir sind Familie, Kleine. Und die Familie ist füreinander da. Ich hätte jetzt gerne eine Katze. Mit einer Katze auf dem Schoß wirken solche Aussagen viel besser.« Bobby grinste in die Runde. »Ihr wisst schon, der Pate.«

Jenny flog den beiden lachend und weinend gleichzeitig um den Hals.

»Ich danke euch. Ich danke euch von ganzem Herzen.«

Das Leben war schön und meinte es gut mit ihr - auch ohne Grace. Vor sechs Jahren war sie nach Bird Creek gekommen und hatte nichts als Ärger und Kummer gebracht. Doch jetzt hatte Jenny eine Familie und wusste, dass sie nie wieder allein sein würde. Wer brauchte schon eine Frau an seiner Seite, die sich nicht entscheiden konnte? Ab sofort begann ein neues Leben - IHR Leben und sie konnte es sich gestalten, wie sie wollte.

Als Jenny abends im Bett lag, las sie Graces Nachricht noch einmal. Und ein zweites Mal. Dann löschte sie ihren Namen und die Nummer aus ihrer Kontaktliste. Grace Lewis konnte in Houston verschimmeln, es war nicht mehr ihre Sache.

## Natürlich geht es weiter auf Bird Creek
*Oklahoma Hearts - New Life*

Weihnachten war vorbei und das neue Jahr begann mit viel Arbeit für Jenny. Endlich konnte sie in ihrem eigenen Haus, vor ihrem eigenen Kamin sitzen. Unendlich zufrieden und glücklich ging sie die Bücher durch, um einen Überblick ihrer Finanzen zu behalten. Sie war jetzt auf sich allein gestellt, wenngleich Eve und Bobby sie nach Kräften unterstützten. Aber das wollte Jenny gar nicht. Sie wollte sich etwas Eigenes aufbauen, es selbst zu etwas bringen. Beim Kauf der zwei Stuten hatte sie nicht nur großes Verhandlungsgeschick gezeigt - etwas, dass sie sich in den vergangenen Jahren von Bobby abgeschaut hatte - sondern auch fachliche Kompetenz bewiesen. Mit den beiden Tieren konnte sie sich eine solide Zucht aufbauen und vielleicht sogar schon in den nächsten drei Jahren einen Gewinn erzielen. Ihr war bewusst, dass es ein langwieriges Unterfangen war und sie Geduld brauchte, aber das alles nahm Jenny in Kauf, auch wenn sie dafür doppelt so viel schuftete.

Wie immer, bevor sie ins Bett ging, lief sie hinunter zum Fluss, der die Grenze ihres Grundstückes markierte. Ihr Grundstück! Manchmal konnte sie es noch gar nicht glauben. Neben einem Blockhaus mit zwei Schlafzimmern, hatte Beth ihr eigene

Gemüsebeete angelegt, wobei Jenny bezweifelte, dass sie oft selber kochen würde. Dafür schätzte sie Beths Kochkünste viel zu sehr. Der Stall, in dem die beiden Stuten stehen sollten, war am letzten Wochenende fertiggestellt worden und in der nächsten Woche würden die zwei Prachtmädchen einziehen können.

Während Jenny am Ufer des friedlich vor sich hingluckernden Flusses saß, spürte sie die Vibration ihres Telefones in der Hosentasche.

»Ich habe Feierabend«, murmelte sie, in der Annahme, es seien Bobby oder Eve. Bevor sie das Gespräch annehmen konnte, hatte der Anrufer allerdings aufgelegt.

Mit gerunzelter Stirn blickte Jenny auf die unbekannte Nummer und drückte mechanisch auf das Anrufsymbol.

»Hallo?«, sagte sie, als sie ein Knacken in der Leitung vernahm. »Sie hatten mich gerade angerufen.«

»Miss Porter?«

»Ja«, antwortete Jenny der fremden Männerstimme.

»Hier ist Hank Ribera, FBI Büro Houston.«

Für einen kurzen Moment wurde Jenny schwarz vor Augen. Grace! Ribera war ihr Vorgesetzter, warum zum Teufel rief er sie an? War Grace verletzt? Tot?

»Sind Sie noch dran, Miss Porter? Es geht um Grace Lewis.«

Das Telefon glitt wie von selbst aus Jennys Hand und fiel ins Gras.

-Ende der Vorschau-

Jenny hat alle Hände voll zu tun, um ihre Pferdezucht aufzubauen. Schweren Herzens hat sie Grace aus ihrem Leben und ihren Gedanken verbannt, doch dann erhält sie unverhofft einen Anruf von Graces Vorgesetzten, der ihr mitteilt, dass Grace schwer verletzt im Krankenhaus liegt.

Jenny fliegt auf der Stelle nach Houston, um dort festzustellen, dass Grace weder sie noch irgendjemand anderen erkennt. Nach ihrer Genesung nimmt Jenny sie mit nach Bird Creek und muss erstaunt feststellen, dass Grace ein völlig anderer Mensch geworden ist. Doch nicht nur Graces Amnesie macht den Bird Creek Frauen zu schaffen, sondern auch religiöse Fanatiker, die ihnen die Hölle auf Erden bereitet.

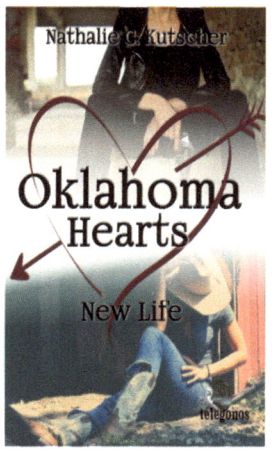

## Bisher aus der der Oklahoma Hearts Reihe erschienen

Die etwas pummelige Tierärztin Eve hat die Nase voll! Genug von ihrer ständig nörgelnden Schwester, genug von der Einsamkeit und vor allem genug von Männern. Da kommt ihr eine geerbte Rinderfarm in Oklahoma gerade recht. Eve beschließt, Chicago für eine Weile zu verlassen, um die Ranch gewinnbringend zu verkaufen, doch sie hat die Rechnung ohne die taffe Vorarbeiterin Bobby gemacht. Zwischen den Frauen entbrennt ein erbitterter Kampf um das Anwesen, doch Eve muss einsehen, dass sie in Oklahoma vielleicht mehr findet, als nur das große Geld. Der ansässige Tierarzt Matt ist auf ihrer Seite und macht ihr auch noch schöne Augen, doch Bobby, die verhasste Rivalin, lässt Eve auch nicht völlig kalt.

Eve und Bobby sind seit drei Jahren ein Paar und haben den Plan umgesetzt, straffällig gewordene und aus schlechten Verhältnissen stammende Jugendliche aufzunehmen. Trotz der neuen Aufgabe sehnt sich Eve nach einem eigenen Kind, doch Bobby ist nicht bereit, eine Familie zu gründen und Eve weiß nicht, wie sie ihre Freundin überreden soll, diesen Schritt zu wagen. Überfordert und uneinsichtig zieht sich Bobby zurück. Statt mit Eve offen über ihre Gedanken und Gefühle zu reden, wendet sie sich mehr und mehr der geheimnisvollen Jenny zu, die eines Tages auftaucht und nur Probleme verursacht. Einmal mehr müssen sie um ihre Liebe kämpfen und am Ende wird sich zeigen, ob die beiden Frauen stark genug sind, alle Hindernisse aus dem Weg zu räumen.

**Weitere Bücher der Autorin:**

*Kwa Zulu - Schatten über der Savanne*

Alexa Lawrence ist der aufsteigende Stern am Chirurgen-
himmel, lebt in Beverly Hills, hat reiche Eltern und führt eine
Beziehung mit ihrer Oberärztin. Ihr Leben ist klar strukturiert,
sie will möglichst wenig Aufregung, dafür Karriere, Ansehen
und Ruhm. Als sie vom Verhältnis ihrer Freundin zu einer anderen Frau erfährt, bricht ihre Welt zusammen. Kurzentschlossen
bewirbt sie sich um ein ehrenamtliches Auslandsjahr in Süd-
afrika. Dort lernt sie die Gynäkologin Rachel Walker kennen,
mit der sie nur allzu oft aneinandergerät. Alexas Verbissenheit
und Rachels Erfahrungen in der humanitären Hilfe lösen ein
ums andere Mal einen Konflikt aus. Doch ein Skandal um
illegale Medikamententests und der harte Klinikalltag lassen sie
näher zusammenrücken und sie merken, wie wichtig die jeweils
andere ist.

**Über die Autorin:**

Nathalie C. Kutscher, gebürtig aus dem Ruhrgebiet, lebt seit einigen Jahren in Mecklenburg-Vorpommern.

Die Autorin schreibt in verschiedenen Genres, u.a. als Eden Barrows und Ava Pink und ist seit 2017 stellvertretende Verlagsleitung in unserem Verlag, wo sie auch die meisten ihrer Bücher veröffentlicht.

Seit 2017 schreibt sie hauptsächlich Lesbian Romance

Wir freuen uns auf Ihren Besuch!
www.telegonos.de